감히,
아름다움

감히, 아름다움

최재천 엮음

이음

아름다움을 알아가는
그 아름다운 여정

동아시아의 패러다임을 중심으로

백영서 | 연세대학교 사학과 교수

중국 현대사를 전공하면서 넓게는 아시아를 연구하는 필자가 '아름다움'을 이야기하는, 그것도 각 분야를 대표하는 11명의 명사가 참여한 이 책의 프롤로그를 맡게 된 데는 몇 가지 사연이 있다.

우선은 최재천 교수와의 인연 때문이지만, 아모레퍼시픽재단에서 '아시아의 미美란 무엇인가?' 를 주제로 진행하는 연구 프로젝트의 책임자인 필자에게 그간 정리한 몇 가지 생각을 밝혀보라는 최재천 교수의 부탁을 거절하기 힘들었다.

아시아의 미란 무엇인가? 더 넓게는 현대인에게 아름다움이란 무엇인가? 하는 이 연구 프로젝트는 직접적으로 미를 정립해보겠다는 의도보다는 여러 분야의 전문가를 모시고 미를 정립하려 할 때, 우리가 밟아야 하는 과정, 즉 어떤 점들을 고려해가야 하는지, 그 밑그림을 그려내는 작업이다.

간단하게 지금까지 논의해온 몇 가지 사항을 되짚어보면서 프롤로그를 대신할까 한다.

첫 번째는 미의 사회적 의미와 그 이해이다. 20세기 중반 무렵부터 미학계에선 예술을 본질주의적인 입장으로 파악하는 것을 포기했다. 1990년대에 들어서서는 미를 둘러싼 맥락context이나 과정을 중시하는 흐름이 강해졌는데, 이는 동아시아의 미적 경험을 재구성하는 데에도 중요한 시각을 제공한다. 즉, 미는 사회적으로 형성된다는 것이다. 인간은 인간의 진화에 도움이 되는 것을 본능적으로 아름답게 여겨왔다는 진화심리학자의 주장과는 달리, 우리는 특정 지역이나 특수한 문화권의 사회역사적 맥락에서 이뤄지는 미적 경험을 우선으로 중시한다. 그래서 유불도儒佛道의 사상체계와 한문을 공유하는 동아시아의 지역적 맥락에서 미를 탐구하는 것이다.

예를 들면, 국문학자인 이영아는 자신의 책『예쁜 여자 만들기』에서 우리나라에서 미의 감각이 크게 전환한 시기를 20세기 초라 보고 있다. 특히 1920년대에 들어서면 의식과 관점이 많이 달라진다. 그 이전까지 미의 표준을 얼굴에 두었다면 1920년대를 지나면서 체형이나 스타일 같은 부분까지 포함하는 새로운 미의 기준이 생겨났다는 것이다. 1930년대엔 짧은 치마가 등장하고 사회적으로 각선미에 관심을 두기 시작한다. 몸매 유지가 여성의 중요 관심사로 떠오르고 미용 체조나 성형까지 등장한다. 이는 타고난 미인에서 만들어지는 미인으로 그 관점이 변화했다는 증거이다.

두 번째는 일상생활에서의 미의 경험에 천착해야 한다는 것이다. 이 책의 흐름도 '내 인생의 아름다움'이란 커다란 테두리 안에서 진행되는데, 이렇게 생활 혹은 개인의 경험에서 받아들여지고 재구성되는 미적 경험이야말로 수많이 이론이 놓친 행간을 쫓아가줄 소중한 지표가 될 것이다.

서양 근대 예술은 미적 경험의 핵심을 순수한 심리 행위에서 찾아내려 노력했다. 그러나 지금은 그 폭이 훨씬 넓어졌다. 미학 바깥에서 다양하게 일어나는 미적 경험과 개인이 생활 속에서 소소하게 느끼는 '아름다움'까지도 포함하는 인식의 틀이 필요하다. 이 책에 미학자의 글이 없는 것도, 아름다움을 새롭고 다양한 시각에서 재조명해보자는 통섭원의 의도가 반영된 결과이다. 이는 어떤 명제에서 출발해 현상들을 조망해보는 것이 아니라 각 현상이 가진 특성들, 즉 아래로부터의 미적 경험을 구체적으로 살피는 과정으로 이해할 수 있다.

세 번째는 동아시아 전통에서 과연 미는 어땠냐 하는 점이다. 고대로부터 중국을 중심으로 한자문화권에서는 '아름다움'과 '선함'을 같은 맥락에서 다뤄왔다. '미美'와 '선善'의 글자 모양에서 알 수 있듯이 이 두 글자 모두 '양羊'을 포함한다. 양이 살찌고 크면 미고 그것이 또한 선한 것이 되는 셈이다. 즉, 아름다움은 풍요를 상징하고, 선함은 종교 제의에 정성을 다함을 상징한다. 이렇게 아름다움과 선함은 그 출발점이 일치했다.

또한, 전통적인 동아시아의 미학은 개인의 경험에 집중하는 경향이 있다. 특히 일상적인 면을 많이 강조한다. 이는 예술을 구도求道의 방편으로 삼았다는 증거이다. 이들은 깨달음의 경지에서 예술을 다뤄왔는데, 득도의 경지, 무아의 경지를 예술이 다다라야 할 최고의 지점으로 삼았던 것이다. 외형적인 아름다움만을 좇기보다는 그 아름다움의 본질을 내면으로 끌어들이려는 태도는 '아름다움'과 '선함'을 같은 맥락에서 보아온 동아시아 전통과 무관하지 않다. 내면적 아름다움과 외면적 아름다움의 조화, 말하자면 인간성의 실현을 통한 아름다움의 추구는 곧 동아시아의 미적 전통에서 두드러진 '인문적 아름다움'의 핵심이라 할 수 있다.

네 번째는 오감의 아름다움이다. 미란 보통 시각적인 요소가 강하다. 이러한 시각 중심 사고는 서구 근대의 특징이었다. 보는 만큼 안다든가 아는 만큼 보인다는 말이 있듯이 시각의 만족은 근대 미학의 중심 과제였다. 그러나 현대에선 맛, 향기, 촉감, 소리로 다가오는 아름다움이 중요해졌다. 오감을 활용함으로써 감각의 재통합을 추구하는 미적 체험은 고도의 감각과 감성이 요구되는 오늘날에 매우 적합한 미 개념이 아닐 수 없다.

물론 동아시아에서도 시각적인 미에 관심이 많았다. 대표적인 예가 미인도美人圖다. 원래 미인이란 중성적인 용어였다. 보통 남자는 재사才士, 여자는 가인佳人으로 불렸는데 미인은 이 둘을 포함하고 있었다. 그러다가 점차 여자만을 가리키는 용어로 자리 잡게 되었고, 뛰어난 용모와 자태를 갖춘 여인을 화폭에 옮기면서 미인도의 모델도 주로 창기 계층이 차지했다.

그러나 동아시아 전통에서 더욱 중시한 것은 초상화였다. 동아시아의 초상화는 겉모양뿐만이 아니라 개인의 얼과 마음마저 표현해내는 것을 미덕으로 삼았다. 화가는 눈이 아닌 마음으로 묘사하는 것에 몰두했다. 그것을 '전신傳神'이라고 한다. 이렇게 보이는 것 이외의 더 깊은 것에 다가가려는 태도는 동아시아 미학의 한 전통이었다. 눈이 즐거운 것을 우선으로 삼았던 미인도조차도 단순한 얼굴 모양이 아닌, 예를 들면 검무와 같은 춤 추는 장면을 그림으로써 얼굴이나 맵시를 넘어선 어떤 긴장감, 즉 율동미나 기氣를 표현하고자 했다. 즉, 보이는 것 너머의 아름다움을 찾고자 한 것이다.

1950년대, 우리나라 국문학계에서 일어났던 논쟁 가운데 하나가 '과연 한국적인 미의 핵심이 무엇이냐?'였다. 여기서 주로 논의됐던 것이 '멋'이었다. 그런데 그때 나온 것 중 하나가 맛과 멋의 관계였다. 맛이나 멋이나 모두 쾌감과 만족을 준다. 그런데 이 맛과 멋이 같은 어원에서 나왔다고 하니, 이 또한 '오감의 아름다움'을 이야기해볼 수 있는 중요한 단서이다.

더불어 동아시아의 차 문화도 빼놓을 수 없다. 다도茶道에서는 차를 마실 때 향부터 맡게 한다. 이를 문향聞香이라 부른다. 더구나 차를 마시며 다기茶器를 예술품으로 감상하는 것도 다도의 오랜 전통이었다. 일본에서는 전통적으로 저택에 차실을 두어 문화공간으로 활용해왔다. 이 차시츠茶室는 작지만 장엄한 공간이다. 여기에선 오감을 다 동원해야 한다. 미의 향연이라 할 만하다.

마지막으로 참고할 것이 바로 미와 행복의 문제이다. 조금 조심스럽기는 하지만, 이는 진선미의 합일과 크게 관련이 있다. 동아시아 전통 속에서 미와 선이 연결되었다고 봤던 것처럼, 이제는 그것을 좀 더 확장해 진선미의 합일까지 연구해봐야 한다는 것이다. 아름다움은 결국 무엇이냐, 시각의 문제만도 아니고 감각의 문제만도 아닌, 궁극적인 목적인 '아름다운 삶'을 향한 여정이 아니겠느냐, 하는 점이다.

특히 생의 주기에 따라 아름다움을 어떻게 받아들이느냐의 문제는 현대사회에서 매우 중요해졌다. 요즘은 안티 에이징anti aging이 대세이다. 현대인은 늙지 않으려 발버둥친다. 성형이나 미용 산업의 발달이 이와 무관하지 않다. 그러나 궁극적으로는 안티 에이징보다는 포지티브 에이징positive aging으로 가야 한다. 아름답게 늙는 것, 늙음을 긍정하는 자세, 이런 것이 어떻게 아름다운 삶과 관련하는지를 살펴볼 때가 아닌가 한다.

지금까지 간략하게 다섯 가지의 방향성을 살펴봤지만, 아직은 가야 할 길이 멀다. 다행인 것은 이 책에 소개된 열한 분의 아름다운 글이 미를 알아가는 여정에 큰 길잡이가 되어줄 것이라는 점이다. 이 책은 말 그대로 아름다운 향연이다. 부디 이 책이 독자 여러분의 삶을 좀 더 아름답게 만들고, 나아가서는 우리 안의 아름다움을 발견할 수 있는 작은 계기가 되었으면 한다.

1947년 평안남도에서 태어났다. 서울대학교 음악대학 작곡과
와 같은 대학원에서 공부하고 독일로 유학, 프랑크푸르트 음
악대학 작곡과를 졸업했다. 1979년 귀국 후 효성여자대학교와
서울대학교 음악대학 교수를 역임했다. 1986년 서울대학교 미
학과 박사과정을 수료했고 1993년부터 한국예술종합학교 음
악원 교수로 재직하고 있으며, 2002년부터 2006년까지 이 학
교의 총장을 지내기도 했다.

주요 작품으로 칸타타 「분노의 시」, 「들의 노래」, 가곡집 『우
리가 물이 되어』, 『저물면서 빛나는 바다』, 오페라 「봄봄」, 「동
승」, 실내악곡 「저녁노래」 연작과 「검은 강 스케치」가 있다.

지은 책으로 『민족음악의 지평』, 『민족음악론』(공저), 『나의
음악을 지켜보는 얼굴들』, 『한국음악의 논리와 윤리』, 『작곡
가 이건용의 현대음악강의』 등이 있다.

대한민국무용제 음악상(1980), 공간대상 작곡상(1982), 서울평
론상(1987), 서울무용제음악상(1993), KBS국악대상(1995), 김
수근문화상(1996), 금호음악상(1998) 등을 수상했다.

(이건용 :)

작곡가   한국예술종합학교
음악원 교수

작곡가 이건용의 삶을 이끈 화두는 '음악과 삶의 소통'이다. 음악에 조예가 깊은 목사의 아들로 태어난 그는 일찍부터 작곡가를 꿈꾸었다. 서울예술고등학교에 입학해 본격적인 작곡 수업을 받았고, 대학 시절에는 연극과 문학에 심취해, 여러 극을 연출하고 직접 연기하는 한편 1967년 경향신문 신춘문예 소설 부문에 당선하는 등 장르를 넘나드는 예술적 소양을 발휘하며 청년기를 보냈다.

독일 유학 후에는 후진 양성과 작품 활동에 매진하면서 청중과의 소통, 장르 간의 소통 등 음악과 삶의 소통에 천착하며 한국 음악 발전에 이바지했다. 그의 작품은 가곡, 칸타타, 오페라, 실내악곡, 관현악곡 등에 폭넓게 걸쳐 있으며, 작품 활동 중에도 작곡 동인인 '제3세대'와 '민족음악연구회', '합창단음악이있는마을', '한국음악연구소' 등의 음악 모임을 이끌며 우리 시대의 자생적 음악 발전에 힘을 쏟아왔다.

몰没,
그 느닷없는 슬픔과
대책 없는 약동

이건용 | 작곡가, 한국예술종합학교 음악원 교수

> 내가 가장 아름답다고 느끼는 것, 혹은 그렇게 생각하는 것이 무엇일까? 어찌 보면 음악과 함께 아름다움과 관련된 일을 평생 해왔던 셈인데, 지금껏 이런 질문을 한 번도 받아본 적도 없어 스스로 적지 않게 놀랐다. 이는 필시 예술가라는 이름값을 뒤로하고 처음 마음으로 돌아가보라는 뜻이리라. 바꿔 말하자면, 음악을 처음 시작할 때의 첫 마음을 되돌아보라는 것이리라. 감사한 일이다. 첫 마음, 생각이 거기까지 미치자, 문득 소년 시절에 써두었던 기록들이 떠올랐다. 오래된 상자에서, 그보다 더 오래된 메모들을 꺼내놓고 책상 앞에 앉았다.

나는 꽤 오래전부터 음악을 좋아했고 작곡을 하겠다고 마음먹었기에 뭔가 다른 분야에 관심을 둔 적이 없었다. 그런데 난데없이 고등학교 시절에 시를 한 번 시도한 적이 있었다. 물론 미완성으로 끝났다. 그것이 마지막이었지만, 당시 썼던 시 한 편만은 지금도 또렷이 기억한다.

황금빛 노을이
나뭇가지를 아이보리블랙으로 아로새길 때
또 그 위,
별 하나 조용히 떳어 있을 때,
도나, 노비스, 파쳄

좀 멋을 부린 '아이보리블랙'은 당시 내가 좋아하던 색깔이었다. 광채
가 있는 검은색. 그렇게 시작해서 한 편을 쓰긴 썼는데 첫 몇 행을 빼고
는 기억에서 지워졌다. 나는 오래된 일기장이며 노트에서 이 시를 찾아
봤지만, 끝내 찾지 못했다. 하지만, 이 몇 줄만은 지금도 생생하게 기억
한다. 50년간 내 안에 머문 글귀인 셈이다.

나는 왜 음악 공부에 한창이던 고등학교 시절에 이 시를 썼을까.
이렇게 이야기해보면 어떨까.
음악으로 안 되는 무언가가 있었기에 나는 시를 썼다.
아마도 그 무언가는 '때'나 '순간' 같은 것들이 어린 시절의 내 감수성
과 연결되는 어떤 지점에서, 안으로부터 어쩔 수 없이 튀어나오는, 그
런 막연함이 아니었을까. 어릴 적 메모를 뒤적이다 보니, 이런 문장도
눈에 띈다.

"불이 켜지기 시작하는 가로등."
어둑해지기는 했지만, 밤은 아직 오지 않고 사위는 어슴푸레 밝아,
불이 켜지기는 했는데 그 빛이 오직 자신만을 위한 빛이 되는 순간, 가
로등 불빛과 땅거미와 골목이 함께 만나는, 그 하나의 순간에만 느낄

수 있는 '먹먹한 고독' 같은 것⋯⋯. 반드시 고즈넉한 것이 아니라노 좋다. 생선 굽는 냄새가 흘러나오고 떠드는 아이들의 목소리가 쟁쟁한 골목, 골목의 어느 시간이 선명하게 아름다운 장면으로 들어오기도 한다.

그러니까 내가 느낀 아름다움이란, 모두 '때'와 관련이 있다. 가로등이 항상 좋은 것도 아니고 나뭇가지가 항상 아름다운 것도 아니고 별이 항상 그렇게 보이는 것도 아니다. 생선 굽는 냄새가 항상 아름다운 것은 아닌데, 어느 순간, 나는 그것과 마주친다.
내가 10년간 연작으로 썼던 실내악곡의 제목이 〈저녁노래〉이다. 여기에도 '저녁'이라는 '때'가 등장한다. 나는 그 저녁에 슬며시 찾아오는 어떤 정취, 어떤 마음, 어떤 그리움, 그런 것들을 곡에 그리려 했다.

아름다움은 '때'가 빚어내는 변주다. 이 글을 준비하며 가장 먼저 들었던 생각이 이것이었다. 그래서 "가장 아름답다 여기는 사물 하나를 제시해달라"는 이 기획의 첫 질문에 나는 대답을 할 수가 없었다. 아름다움에 다가가 보니, 사물 하나만 떼어놓고는 답할 수 없는 문제가 되어버린 것이다.

그래서 나는 사실 '그것'을 찾는 데 실패했다.

왜냐하면, 아름다움이란 고정된 대상이 아니고 어떤 순간으로 나타나기 때문이다. 사실 대상은 다양하다. 나뭇가지나 늪, 한때는 피아노가 그렇게 아름다웠다. 음악을 해서 그런 것이 아니라 검은 피아노 그 자체의 아름다움에 빠진 적이 있었다. 시장골목도 아름답다. 초등학교 운동장, 비행기가 남긴 구름……. 뭔가 특별한 것이 아닌데, 그게 그렇게 좋은가? 문제는 사물이 아니다. 그다지 예쁘지 않은데 '어떤 순간에는 그렇게' 느닷없이 마음에 다가올 때가 있다는 것이다.

꽃은 아름답다. 나도 꽃을 자주 사다 놓는 편이지만, 진정한 아름다움의 대상은 아니다. 내가 꽃을 볼 때, 그 순간의 '울림', '정황' 이런 것이 없다면 꽃은 그저 꽃일 뿐이다. 여성의 젖가슴도 아름답다. 순수한 아름다움이 있다. 그러나 그것이 매번 내 마음을 움직이는 아름다움이 되지는 않는다.

나는 단풍도 매우 좋아한다. 하지만, 단풍이 마냥 좋은 것이 아니라 '단풍이 있는 그 시간'이 중요하다. 대자연의 파노라마나 금강산 같은 장엄함이 아름다운 것이 아니라 그것에 다가가 그것과 만나게 해줄 어떤 정황, 바꿔 말하자면 사람의 살림살이가 곁들여진, 그런 '울림'이 있어야 아름답다.

나는 산을 무척이나 좋아한다. 산을 대상으로 글을 쓰기도 했다. 그러나 나에게 울림을 주는 산은 신선계에 나오는 명산이라던가, 기암괴석이 신비롭게 자리 잡은 그런 산이 아니다.
우리의 앞산이나 뒷산, 강물 앞에 서 있거나 강을 뒤로하고 앉아 있는 그런 산이 나는 좋다.

아주 평범한 사람이 평범한 카메라로 평범한 시간에 찍은 사진이
다. 그저 어딘가에서 자주 보았을 풍경으로 경주 근처에서 찍었
다고 했다. 이 사진을 찍은 분은 내가 쓴 글 하나를 읽으셨는데,
그 글이 생각나 문득 이 사진을 보내주셨다.

우리나라에는 산이 많다. 산골마을이 아니어도 눈을 들면, 오밀조밀한 산의 굽이를 볼 수 있다. 그 산들이 하늘과 맞닿으면서 만들어내는 곡선, 앞산과 뒷산, 또, 또, 그 뒷산이 나타내는 빛깔의 농담, 들판과 강과 산과 하늘이 각각 우리의 시야에서 차지하는 비례 등, 한반도에 흔한 이 그림이 나는 좋다. 그뿐만 아니라 나는 우리들의 미적 감수성이 우리가 매일 바라보는 이 산천의 모습에 많은 영향을 받았을 것이라고 믿는다. 우리가 음악을 듣거나 그림을 볼 때 동원하는 균형감, 변화감, 안정감의 근거가 되었을 것이라는 말이다.

이건용, 「나의 음악을 지켜보는 얼굴들」 중에서

우리는 대대로 이 산을 보면서 우리의 미적 감수성을 키웠고 예부터 여기에 어울리는 음악을 만들어왔다. 이런 산은 중국에도 없고 유럽에도 없다. 일본도 굉장히 비슷하긴 하지만 산의 각도가 조금 다르다. 조금 더 예리하다고 할까. 필리핀에 1년 정도 산 적이 있었는데, 거기에도 이런 곳은 없다.

이 산을 마주하며, 나는 또 '때'를 생각한다. 내가 몰두하는 시간은 저녁이다. 내게 그런 순간은, 그런 것이 느껴지는 시점은, 어떤 대상이 시詩로 보이는 그런 순간은, 아침도 낮도 아니고 밤도 아니다. 어떤 교차지점인데 새벽도 아니다. 그러니 결국 저녁 노래를 쓰는 것이다.

책상 앞에서 오래된 메모를 뒤적이니, 어릴 적 메모에 자주 나오는 단어가 눈에 띈다. 바로 '몰沒'이다.

'몰沒', 해가 진다, 잠긴다, 죽는다.

나는 지금도 이 단어를 자주 쓴다. 왜 그 어린 나이에 '몰'이란 단어를 좋아했을까. 죽음이라든지 퇴폐라든지 비애 같은 것을 좋아한 것은 아니었다. 그런데 나는 이 단어가 참 좋다. 나중에 좀 더 적합한 말을 찾았는데, 바로 '시심詩心'이란 단어다. 이 '몰'이나 '시심'을 내 나름으로 풀어놓으면 이렇다.

> "몰沒, 일상을 접어놓은 순간."

내가 바라보는 대상이 일상적으로 보일 때는 반응이 없다. 그 대상이 어떤 순간, 일상에서 벗어나 있을 때, 나는 반응하고 그때, 뭔가가 가슴 가득 차오른다. 슬픔이면서 슬픔이 아니고 환희이면서 환희가 아닌, 어떤 것, 그런 것, 혹은 그런 상태를 표현하려고 적어둔 단어가 아마 이 '몰'이 아닌가 싶다.

다시 첫 질문으로 돌아가, 나에게 아름다움이란 무엇일까?

나는 '아름다움'을 이렇게 다른 말로 표현하고자 한다.

> "그 순간, 시심의 순간, 일상에서 분리되는 순간, 페이소스를 느끼는 순간, 만나는 어떤 것."

따라서 내가 '그렇게 느끼는 순간'을 '아름다움'이란 말로 정의하기엔 뭔가 맞지 않은 옷을 입은 듯하다. 그저 '아름다움'이라 말해버리면 영

속적인 느낌이 강하고 뭐랄까 너무 딱딱해지는 듯하다. 대상이 분명해
지기 때문이다. 그렇기에 내게 아름다움이란, 조금 더 정확하게 표현한
다면, '그러그러한 순간에 만나는 어떤 것', 이렇게 말할 수 있겠다.

그러면 나는 평소 아름다움이라는 말을 쓰지 않는가? 아니다. 나는 아
름답다는 말을 자주 쓴다. 다만, 나는 그 말을 좀 더 작은 범주로 사용
한다.

'아름다운 계절', '아름다운 관계', '아름다운 마음' 이런 식으로 조금
더 좁혀서 쓰는 것이랄까. 그런 것은 실제로 아름답다고 느끼지만, 앞
에서 말한 '그 어떤 순간이 느닷없이 다가오는' 그런 것과는 어딘가 다
르다.

시심이 마련되는 순간, 일상에서 벗어나 (굳이 아름다움이란 말을 쓴다
면) 무엇이 아름답게 다가오는 순간…… 이렇게 좀 더 큰 범주의 아름
다움이 내겐 존재한다. 따라서 내게 아름다움이란 어떤 대상을 향한 것
이 아니라 내 안의 충만한 체험으로 자리 잡는다. 물론, 이 체험은 아무
때나 일어나지 않는다. 그리고 아무 대상에나 일어나는 것도 아니다.
예를 들어 형광등, 가위, 방충망, 연필깎이 같은 것들이 이런 체험을 갖
게 한 적은 아직 한 번도 없었다.

그런데 이 체험이 잘 일어나게 하는, 더 잘 환기시키는 그런 환경이나
그런 대상은 분명히 있다. 내겐 그중의 하나가 '우리 산'이다. 이런 것
을 딱 만날 때, 해가 쨍쨍한 대낮이 아니라 위의 사진처럼 농담濃淡이
잘 맞을 때, 그럴 때 마음과 대상이 만나게 된다.

그런 것이 잘 일으키게 하는 것, 사실 냄새도 그런 것 가운데 하나다. 6월의 어느 날 진동하는 아카시아 향기, 이를테면 나는 그런 것에 잘 반응한다. 아카시아 향기는 그야말로 아름답다기보다는 범주가 좁은 달콤한 것이지만, 조금 더 시심을 일으키는 비 냄새 같은 것도 있고 낙엽을 태우는 냄새도 있다. 모기를 쫓으려고 여름날 마당에서 태웠던 쑥 냄새는 내가 아직도 그리워하며 집착하는 냄새 중의 하나이다.

아름다움의 체험 순간이 반드시 어둠과 관련된 것은 아니다. 밝은 순간의 것도 있다. 한낮의 햇빛, 그 햇빛을 받는 정원, 그 안에 가득히 부서지는 빛살, 그 빛 속에서 아주 조금씩 움직이는 벌레들과 이파리들, 그 작은 움직임 속에 드러나는 빛과 정적, 먼먼 옛날부터 그러했을 듯한 빛, 시간의 흐름을 비로소 느끼게 해주는 작은 움직임들, 나를 일상에서부터 멀리 떨어지게 하는 정적, 아름답다.

이제 음악 이야기를 좀 해보겠다. 왼쪽 사진은 섬진강이다. 사진이 너무 극적이라서 이것보다 좀 일상적인 것을 찾고 싶었는데 찾지 못했다. 여기엔 지금까지 이야기했던 것이 가득 들어 있다. 사람 사는 자취도 적당히 보인다.

지면으로는 어려운 것이지만, 여기에 음악을 하나 곁들이고자 한다. 슈베르트의 〈송어〉 같은 음악은 어떨까. 눈을 감고 상상해보자. 어떤 느낌일까. 아니다. 내가 슈베르트를 좋아하기는 하지만 그것은 여기에 맞지 않는다.

그러면 이번엔 태평소 한 가락을 곁들여보자.

이 사진엔, 그리고 이 정취엔 태평소 가락이 딱 맞다. 그것은 태평소 가락이 바로 여기서 태어난 음악이기 때문이다.

오래전부터 내 음악의 주제가 되었던 시가 하나 있다. 엉뚱하게 보들레르의 시다. 보들레르의 「가을의 노래」라는 시를 어려서부터 매우 좋아했다. 처음 시작은 이렇다.

> 머지않아 우리
> 차디찬 어둠 속에 잠기리니, 잘 가라
> 너무나도 짧았던 우리들의 힘찬 여름빛이여
> 머지않아 우리 차디찬 어둠 속에 잠기리니, 잘 가라
> 너무나도 짧았던 우리들의 힘찬 여름빛이여

이 시도 역시 하나의 시점을 이야기해준다. 시심이 불꽃을 일으키는 그런 순간이 여기에서 포착된다. 예를 들면 '힘찬 여름빛'과 '차디찬 어둠', 그 사이를 움직이는 시간. 아마도 그 시간은 계절을 넘어서는 그 무엇. 힘찬 여름빛에서 차디찬 어둠으로 옮겨가는 그 어떤 것. 그것이 내겐 바로 '몰'이다.

언젠가 인터뷰를 하다 이런 질문을 받았다. "어떤 음악을 주로 쓰세요?" 이렇게 뜬금없이 질문을 받으니 나도 뜬금없이 대답했다. "글쎄요, 한 80퍼센트는 슬픔에 관해서 쓰고 한 20퍼센트는……." 그 순간, 슬픔의 반대말이 잘 생각이 나지 않았다. "글쎄요, 한 80퍼센트는 슬픔에 관해서 쓰고 한 20퍼센트는…… 대책 없는 약동이 아닐까요."

"대책 없는 약동."
슬픔이지만 슬픔이 아닌 것. 이유가 없는 것. 느닷없지만, 안으로 들어오며 밖으로 튀어나가는 대책 없음. 이런 것이 아닐까. 이유가 있어서 봄이 오는 것도 아니고, 이유가 있어서 그녀와 함께 있으면 힘이 나는 것이 아닌 것과 같이.
80퍼센트의 슬픔과 20퍼센트의 대책 없는 약동. 이 사이에 우리의 삶이 있다는 생각이다.

알래스카에서 잠시 지낸 적이 있었는데, 그 저녁이 얼마나 긴지 모른다. 그곳에선 한 세 시간 정도 일몰이 지속한다. 그건 그다지 느낌이 오지 않았다. 그런데 필리핀에서는 해가 순식간에 떨어진다. 굉장히 밝던 해가 30분 만에 붉어지면서 하늘이 빨개지다가 어느 순간, 갑자기 뚝 떨어져버린다. 그러고는 바로 어둠이다. 그것은 굉장히 장엄하다. 이렇게 필리핀에서 만난 일몰처럼, 준비 없이 맞이하는 어떤 것……. 그런 것을 느낄 때가 바로 내겐 시적인 순간이다.

내가 좋아하는 작품을 가만 들여다보면 슬픔이 많다. 여기서 슬픔이란 슬픈 사연이 있거나 그럴 만한 이유 혹은 경험이 있어서 생기는 슬픔이 아니다. 느닷없는 슬픔이다. 보들레르의 시가 슬프지만, 이유가 있는 것은 아니지 않은가? 그 슬픔이 우리 삶의 본질과 더 가깝기 때문이 아닐까 생각한다. 느닷없는 슬픔과 대책 없는 약동, 그것이 내게 '아름다움의 순간'을 체험하게 한다.

부처님 눈으로 보면 삼라만상이 다 부처라고 한다. 다만, 우리는 부처가 아니기에 삶의 아주 작은 순간에만 그 눈을 갖게 되는가 싶다. 세속의 관성에서 깨어난 그 짧은 순간에 본 그것을 나는 애써 붙들고, 그것을 음악(또는 시 혹은 다른 무엇)으로 그려 이 일상의 공간에 남겨보려 하는 것이다. 그 순간을 마음대로 가질 수 있으면 좋겠지만 그런 순간을 포착하는 모범답안 같은 것은 없다. 타고나는 것일까? 혹은 연습해서 얻는 것일까? 그보다는 좀 더 다른 차원의 '느닷없음'이 존재하는 것은 아닐까.

1944년 서울에서 태어나 경복고등학교와 서울대학교 천문학
과를 졸업했다. 이후 미국으로 건너가 뉴욕주립대학교 천문
학과에서 성간물질 연구로 박사학위를 받았다. 1975년부터
네덜란드에서 가장 오래된 대학인 레이던대학교의 천체물리
실험실에서 연구원으로 일하다 1978년 귀국, 서울대학교 자
연과학대학에서 조교수 생활을 시작했다. 그 후 2009년 정년
퇴임 때까지 서울대학교에서 31년간 후학 양성에 힘을 쏟았
다. 한국천문학회장과 올림피아드 위원장을 지냈으며 현재
서울대학교 물리·천문학부 명예교수와 국립고흥청소년우주
체험센터 원장으로 일하고 있다. 근정포상, 한국천문학회 소
남학술상, 서울대학교교육상 대상, 과학기술처장관상 등을
수상했다.

천문학자   서울대학교 명예교수,
국립고흥청소년
우주체험센터 원장

한국을 대표하는 천문학자이자 교육자인 홍승수 박사는 천문학에 매달려 평생 외길을 걸어왔다. 그는 미국 플로리다대학교 우주천문연구소 연구교수(1982-1984), 일본 우주과학연구본부와 일본 우주항공연구개발기구 초빙교수(1992-1994), 미국 하버드-스미소니언 우주물리학센터 방문교수(2007)를 역임하며 우리나라 천문학의 수준을 국제화시켰으며 세계 천문학계의 최신 이론을 국내에 소개하는 가교의 역할을 해왔다.

주요 저서로, 『A Practical Approach to ASTROPHYSICS』, 『과학과 신앙』, 『성간매질에서의 물리적 과정』, 『우주 개발의 오늘과 내일』, 『21세기와 자연과학』 등이 있고 옮긴 책으로는 『코스모스』, 『대폭발-우주의 시작과 진화』, 『우주로의 여행』, 『천문학 및 천체물리학 서론』 등이 있다. 논문은 「A Unified Model of Interstellar Grains」(1978) 등 200여 편이 있다.

무지개,
우주를 읽는
하나의 열쇠

홍승수 | 천문학자, 국립고흥청소년우주체험센터 원장

나는 요즘 국토의 남쪽 땅끝, 고흥반도에서도 바다를 건너 더 내려가는 나로도羅老島에 머물고 있다. 천릿길이 그리 먼 길은 아니지만, 최재천 교수에게 평소엔 들어보지 못한 부탁을 받자 그 길조차 아주 멀게 느껴질 만큼 머릿속이 아득했다.

'인생에서 아름답다고 느꼈던 그 무엇'이 내겐 과연 무엇일까.

사실은 몇 해 전 관악 캠퍼스에서 정년을 맞을 준비를 하면서, 한 생각에 빠진 적이 있었다. '도대체 사람이 꼭 지구에만 살아야 하는가?' 지구 밖에도 지적인 존재가 있기는 있을 것 같은데, 지구 생명의 진화가 이 의문에 어떤 실마리를 제공하지는 않을까 궁금했다. 그래서 캠퍼스에서 최재천 교수를 만날 때마다 그 바쁜 양반을 붙잡고 자꾸 묻곤 했다. 그렇게 내 궁금증을 많이 풀었는데, 그렇게 신세를 져놓고는 딱 잘라 거절한다는 것이 쉬운 일이 아니었다.

하겠다고는 했으나, 고민은 깊어갔다. 과학자에게 아름다움이란 무엇인가. 천문학자이니 우주에서 아름다움을 찾아야 하는지, 은하 이야기라도 해야 하는지, 그런데 여기에 한 가지 조건이 또 붙어 있었다. 그것은 다름 아닌 '인생'이었다. 내 삶에서 만난 아름다움, 그러니까 과학자인 내가, 내 인생에서 가장 아름답다 느낀 대상이 무엇인지 생각해야 하는 어려운 숙제였던 셈이었다.

우선 스스로 이런 질문을 해보았다. '과학자는 아름답다는 소리를 안하는가?' 그런데 하고 있었다. "A beautiful theory!", "A beautiful observation!" 과학자들은 이런 식으로 '아름답다'는 단어를 사용한다. 그렇다면, 과학 활동의 어떤 것을 두고 아름답다고 여기는가? 놀랍게도 그렇게 많지 않다. 주변에서 늘 볼 수 있는 것이 아니라 아주 희소하다.

도저히 그렇게 되리라고 상상도 못했던 것들이 갑자기 튀어나올 때, 과학자들은 'Beautiful'이란 표현을 쓴다. 이런 것은 응용성이나 효용성 같은 것을 다루는 연구 분야에서는 극히 보기 어려운데, 이를테면 어쩌다가 소 뒷걸음질로 쥐를 잡는 식으로 그렇게 생긴 어떤 것에서 우리는 아름다움을 발견한다. 연구비를 많이 받아서 한 것도 아니고, 어느 순간 튀어나오는 그런 것들, 그렇지만 그 누구도 쉽게 이의를 제기한다거나 군소리를 늘어놓을 수 없는, 확고부동한, 그런 명제들이 튀어나올 때, 과학자들은 '아름답다'는 표현을 쓴다. 그리고 그런 것은 깨끗한, 정말 깨끗한 한 토막이다.

물론, 그 토막은 그 토막이 생성되는 과정의 프레임을 완벽하게 포함한다. 그리고 한 가지 더, 과학자들은 근본을 건드리는 문제, 지금까지 이어져온 생각의 기본을 통째로 바꾸는 그런 결과물을 만나게 될 때, 역시 '아름답다'고 말한다. 이런 결과물은 간명해 알기 쉽고 누구에게나 필요한, 그런 것이다.

그렇다면, 이런 것 가운데 내가 내세울 만한 것이 있는가, 생각해보니 그것도 쉽지는 않았다. 게다가 이 글의 조건이 '아름답다고 여기는 사물 하나'를 선정해 풀어나가야 한다는 것이어서 자연히 어려움을 느낄 수밖에 없었다.

다시 아름다움이란 무엇인가 하는 질문으로 돌아가, 그 어떤 것이 아름답다 하면, 색채감도 있어야 하고 형태도 있어야 하며, 움직임이라든가 율동감 같은 것도 있어야 할 것 같은데, 천문학에서 그런 사물이 뭘까? 과학 한다고 살아오는 과정에서 정말 나를 홀딱 반하게 했던 것은 무엇일까?
이 질문을 던지고 나니 그 대상은 금방 찾아졌다. 바로 무지개였다.

천문학은 '빛으로 나누는 대화'

내가 초등학교 4학년 때가 1953
년이었다. 휴전 회담이 막 끝난 상황이었고 당시 서울시의 인구가 30
만이 조금 넘었다. 그때 보았던 무지개를 나는 지금도 생생히 기억한
다. 세상 대부분 아이가 한 번은 그랬던 것처럼, 나도 그 무지개를 잡으
러 쫓아 달려갔다.

무지개는 빛과 연결된다. 천문학자는 천체와 무엇으로 대화하는가. 바
로 빛이다. 그러니까 어쩌면 나의 한평생은 무지개에 반한 후로 그 빛
과 함께한 그런 시간이었다고 할 수 있다.

전형적인 쌍무지개다. 안에 하나가 있고, 밖에 또 하나가 있다. 안쪽의 무지개를 '1차 무지개primary rainbow'라 하고 밖의 것을 '2차 무지개 secondary rainbow'라 한다.

안쪽의 1차 무지개는 '빨, 주, 노, 초, 파, 남, 보' 그렇게 되고 밖의 2차 무지개는 '보, 남, 파, 초, 노, 주, 빨' 이렇게 방향이 반대로 이뤄진다. 교과서용 사진이 아니어서 확실히 보이지는 않지만, 1차 무지개와 2차 무지개 사이는 어둡다. 실제로는 주변과 비교해 상당히 어둡다. 그리고 1차 무지개 아래쪽엔 밝은 층들이 나타난다. 이를 'supernumerary rainbow'라 부르는데, 우리말로는 '과잉 무지개' 혹은 '부차종 무지개'로 번역된다.

무지개는 태양광과 물방울이 만나 빚어내는 자연현상이다. 지구에 도달하는 태양에너지는 주로 전자기파電磁氣波로 이뤄져 있다. 여기엔 상대적으로 파장이 긴 적외선과 가시광선 그리고 파장이 짧은 자외선, 그리고 파장이 매우 짧은 엑스선과 감마선 등이 들어 있다. 파장이 적외선보다 더 긴 전파電波도 물론 포함된다.

백색광의 형태로 지구에 도달하는 가시광에 들어 있던 다양한 파장, 즉 색깔의 빛이 물방울을 통과하면서 빨강부터 보라까지 분산되어 나타나는 현상이 무지개다.

비 오는 날 자동차를 운전하다 보면 물이 고여 있는 데를 지날 때 차가 갑자기 한쪽으로 쏠리면서 진행 방향이 꺾이는 경험을 하게 된다. 빛도 매질의 경계면을 지날 때 양쪽 매질에서의 전파傳播 속도가 다르기 때문에 진행 방향이 꺾인다. 그런데 같은 매질에서도 빛이 전파되는 속도는 파장에 따라 다르므로 꺾이는 정도 역시 파장에 따라 다르다. 즉, 무지개는 물방울의 굴절률이 파장의 함수이기 때문에 나타나는 물리 현상이다.

아무튼, 여기서 중요한 것은 빛이 매질의 경계를 지나면서 전파 속도에 변화가 생길 때 이런 일이 일어난다는 사실이다. 물방울을 프리즘으로 바꿔도 백색광이 색깔에 따라 분해된다. 최재천 교수가 통섭을 이야기하면서 "섞여야 아름답다, 섞여야 순수하다"라는 화두를 던졌는데, 최 교수의 말대로 우리가 하얗게 느끼는 백색광은 하나의 빛이지만 사실 여러 개가 섞인 것이다.

그런데 이 백색광에 꼭 일곱 가지 색깔만 섞여 있느냐, 전혀 그렇지 않다.

천문학에서 쓰는 프리즘은, 자세하게는 분광기라 부르지만, 더 많은 빛의 파장을 분석해야 하니 그 크기가 엄청나게 크다. 보통 대형 홀만한 크기의 분광 시설이 필요하다. 그 분광기로 백색광을 들여다보면, 일곱 가지 색깔로 서서히 변하는 연속 스펙트럼을 배경으로 그 위에 가는 흡수선을 수도 없이 많이 발견할 수 있다.

태양 중심에서 일어나는 핵융합 반응에서 나오는 에너지는 처음 그대로의 모습으로 지구에 도달하는 것이 아니다. 태양의 대기층을 구성하는 비교적 낮은 온도의 기체 원자와 분자들에 일단 흡수된 다음에 표면으로 나와서 지구에 도달한다. 따라서 백색광 안에도 이러한 흡수선들이 분포하는데, 분광기로 이 선들의 파장을 정밀하게 측정하고 흡수된 정도를 가늠하면 흡수 물질이 어떤 원소로 되어 있는가를 아주 정확하게 알아낼 수 있다. 원소의 종류만을 알아내는 것이 아니라 흡수선의 선폭으로부터 그러한 물질이 특정 원자를 몇 개나 지니고 있는지 그 개수까지 셀 수가 있다.

그러니까 우리는 분광기로 우주 물질의 원소별 함량비를 알아낼 수 있는 셈이다. 이는 어느 원소가 우주에 얼마나 있는지도 알 수 있다는 뜻이다. 이 원소의 종류에 우리는 원자번호를 쭉 붙여놓았고, 한 물질에 어떤 원소가 얼마나 들어 있느냐를 셈해보는데, 대수로 표현해 −1부터 11까지 올라간다. 즉, 원소별 함량비의 분포가 10의 12승 정도의 엄청난 차이를 보이는 것이다.

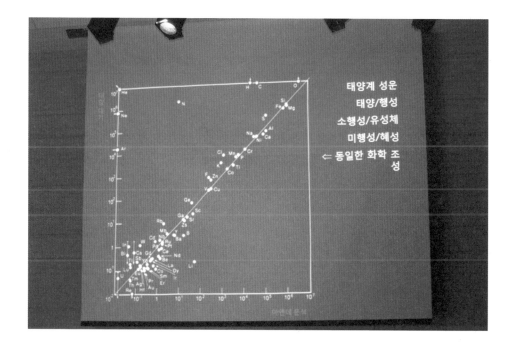

여기서 우리는 가장 자연스러우면서도 가장 신비한 한 현상을 발견하게 되는데, 만약 A라는 원소가 있다면, 지구에 있는 원소나, 우주에서 날아와 지구에 떨어진 운석에서 발견되는 원소나, 태양 대기에 있는 원소나, 그 함량비를 비교해 보면 모두 놀랄 정도로 서로 일치하고 있음을 알 수 있다. 위 그림에서 횡축은 아엔데 운석의 원소별 함량비를 나타내고, 종축은 태양 대기의 함량비이다. 운석과 태양 대기의 화학 조성이 이렇게 서로 같다.

이는 '내 육신'을 구성하는 물질이 태양뿐만이 아니라, 우주를 구성하는 물질과 원자 수준에서는 본질적으로 같다는 뜻이다. 이는 무지개에서 출발해 다가갈 수 있는 놀라운 발견이다.

또 한 가지는 흡수선의 파장을 측정해보면 같은 원소에 의해 흡수된 빛이지만, 광원에 따라 나타나는 파장이 조금씩 엇갈릴 때가 있다. 이로써 우리는 무엇을 아는가 하면, 광원이 관측자인 나와 어떤 상대 운동을 하는지, 즉 나를 향해 오느냐, 아니면 나에게서 멀리 달아나느냐, 하는 것을 알아낼 수 있다. 그렇게 은하들의 스펙트럼을 찍어보니, 다들 멀어지고 있었다. 이는 무엇을 말하는가. 우주는 팽창한다는 사실이 밝혀진 것이다.

인간과 우주는 본질적으로 같은 존재

이렇게 우주가 계속 '팽창'을 하니, 우리는 도리 없이 '시작'을 생각해야 했다. 세상의 시작이 있었구나. 언제, 어디서, 어떤 시작이 있었는지, 이런 물음은 자연스럽게 지금 우리의 삶을 한 번 더 생각하게 하는 어떤 통찰을 불러온다. 이는 과학이, 무지개가 우리에게 가져다준 지적인 선물인 셈이다.

초등학교 4학년 때 쫓아갔던 무지개에 느꼈던 가장 큰 매력은 아마 색채감이었을 것이다. 누구에게나 아마도 제일 큰 것이지 싶다. 그런데 우리가 무지개에서 보는 색채감은 태양이라는 특별한 광원에서 나오는 빛에 근거한 것이니, 그 광원이 달라지면 색채감 또한 확연하게 다를 것이다. 예를 들어, 태양 말고 다른 별 주위에 우리와 같은 고등한 생물이 사는데, 그들이 모시는 별은 태양보다 표면 온도가 무척 낮다고 하면, 태양이 내놓는 것과 같이 500nm 부근에서 강렬한 빛을 내놓지 못하고 그것보다는 긴 파장의 빛을 내놓게 될 것이다. 그러면 그 동네의 무지개는, 그 동네의 골목이나 산의 색은 우리가 지금 느끼는 그런 것하고는 꽤 다를 것이다.

사람의 시각은 빛의 파장에 따라 반응하게 되어 있는데, 대개 노랑에서 부터 연두색까지의 빛에 민감하게 반응한다. 진화론자의 의견대로라면 '태양빛을 받아서 진화해온 우리는 지구에서 가장 흔한 빛을 가장 효율적으로 사용하도록 발달해왔다'고 말할 수 있다. 아무튼, 사람의 눈은 태양이 가장 많이 내놓는 빛의 파장에 기가 막히게 잘 맞춰져 있는 셈이다. 따라서 외계인이나 다른 세상에 사는 존재들의 빛에 대한 감각은 지구인의 색감과 같지는 않을 것이다.

심지어 같은 지구에서도 이상한 무지개를 볼 때가 있다. 색감이 제대로 전달되지 않았을 때 나타나는데, 이런 것을 특별히 빨간 무지개red rainbow라 부른다. 대기 중에 빛을 흡수하는 물질이 많이 들어 있을 때, 그것을 통과하면서 긴 파장의 빛만 살아남고 짧은 파장의 빛은 다 없어져버리기 때문이다.

이를, 아름다움의 문제로 바꿔보면, 아름다움이란 지극히 상대적이다. 우리의 색감이라는 것, 그것조차도 다른 세상으로 가면 달라질 것이다.

과학의 눈으로 바라보는 아름다움은 네 가지 정도의 조건이 붙을 것 같다. 첫째는 우연과 필연의 절묘한 조합이고 둘째는 확고부동함이며 셋째는 자연의 근본과 마주하는 것이어야 한다. 마지막은 효율성이다. 즉, 결과 도출 과정이 단순하며 깔끔하다.

무지개가 우연이라면 분광학은 확고부동한 필연의 결과이며 그것으로 (빛으로) 밝혀진 사실에는 더 이야기할 것이 없는 자연의 법칙이 자리하고 있다. 근본적으로 결국 우리 인간의 구성 성분을 원자 수준으로 봤을 때 자연의 그것과 일치하며, 지금도 팽창하는 우주는 그 시작이 있었다는 것이다.

무지개의 원리를 알았으니, 무지개의 매력이 사라질까. 알 수 없는 일이다. 완주에서부터 순천까지 새로 고속도로가 뚫렸는데 그중 한 터널에 인공 무지개를 설치해놓은 곳이 있다. 나는 이곳을 지날 때 굉장히 기분이 좋다. 여기를 지나갈 때, 내가 아무리 무지개의 원리를 잘 알고 있어도, 이렇게 인공적으로 만든 것임에도, 기분이 좋다는 것은 부인할 수 없다.

과학자가 과학을 이야기하면 자연이 숨겨놓은 아름다움이 다 사라질까. 이런 걱정은 기우에 불과하겠지만, 마지막으로 월트 휘트먼Walt Whitman의 시 「내가 박식한 천문학자의 이야기를 듣고 있노라면When I heard the Learn'd astronomer」을 소개하면서 글을 마칠까 한다.

아, 나는 그 순간 얼마나 지치고 지루했던지
조용히 일어나 밖으로 나가 혼자 거닐었다.
신비롭고 촉촉한 밤 공기 속에서 이따금
눈을 들어 별들을 바라보았다.
완전한 고요 속에서.

1952년 충청북도 충주에서 태어나 홍익대학교 미술대학 시각디자인과와 같은 대학원을 졸업했다. 「이상 시에 대한 타이포그래피 연구」로 한양대학교에서 박사학위를 받았다. 1981년에서 1985년까지 월간 『마당』, 월간 『멋』에서 아트디렉터로 활동했으며, 1985년 '안상수체'를 디자인하여 한글의 탈 네모 틀 흐름을 주도하였고 이후 '이상체', '미르체', '마노체'를 디자인했다. 편집디자인 회사인 안그라픽스를 설립하여 대표(1985–1991)를 역임했고, 국제그래픽디자인협의회(Icograda) 부회장(1997–2001), 제1회 타이포잔치(서울 타이포그라피 비엔날레) 조직위원장(2001)을 지냈다.

1991년부터 홍익대학교 시각디자인과 교수로 재직하고 있다. 현재 베이징 중앙미술학원 객원교수로도 활동 중이며 국제그래픽연맹(AGI) 회원이다. 지그라프 그랑프리 국제디자인전 대상(1999), 국제그래픽디자인협의회 회장상(2003), 독일 라이프치히 시가 수여하는 구텐베르크상(2007), 국제그래픽디자인협의회 교육상(2009) 등을 수상했다.

시각디자이너,
타이포그래퍼

홍익대학교 미술대학
디자인학부 교수

한국을 대표하는 시각디자이너. 그가 1985년 발표한 '안상수체'는 우리나라를 대표하는 세계적인 글꼴이다. '안상수체'의 가장 큰 특징은 초성, 중성, 받침의 모양과 크기가 어느 위치에서도 같다는 점이다. 이러한 안상수체의 극단적 형태미는 '끝소리에 첫소리를 다시 쓴다'는 한글의 창제 원리에 따른 것이다. "안 교수는 보기 드문 조형 능력과 특출한 감수성을 가진 타이포그래퍼로 혁신적인 글자체 개발과 타이포그래피 디자인을 통해 한글 글자체를 비약적으로 쇄신하는 데 성공했다"고 밝힌 구텐베르크상 선정 이유에서도 알 수 있듯이, 오로지 동그라미와 직선으로만 이뤄진 '안상수체'는 간결한 형태미와 한글의 아름다움을 잘 드러내고 있다.

저서로 『폰토그라퍼』, 『한글 디자인』, 『어울림 보고서』, 『도깨비』, 역서로 『타이포그래피』 등이 있으며, 『한국전통문양집』, 『가난한 예술가들의 여행』, 『보고서│보고서』, 『디자인 사전』 등을 디렉팅했다.

한글.
그. 당돌한.
아름다움

안상수 | 시각디자이너, 타이포그래퍼, 홍익대학교 미술대학 디자인학부 교수

> 인류 전체의 역사에서 '민족'이라든가 '겨레'가 형성되기까지는 실로
오랜 세월이 흘렀다. 수만 년, 우리의 먼 선조는 글자 없이 말만으로 삶
을 살았다. 중국에서 한자가 만들어진 것이 대략 3천 년 전쯤이고, 그
글자를 빌려다 우리 겨레가 글자를 사용하기 시작한 때가 대략 2천 년
전쯤이다. 그렇게 글자살이를 해왔지만, 우리 글자가 아닌 한자로 우리
말을 표현한다는 것은 쉬운 일이 아니었다. 우리말을 한자로 음차하여
속기한다면 불가능에 가깝다. 한글이 없다면 우리 생활은 어떻게 되었
을까. 앞이 캄캄해진다.

『훈민정음訓民正音』 해례본解例本 중간쯤 새로 만든 글자의 어우름을
풀이한 「합자해合字解」 부분이 있는데 그 마지막에 이런 표현이 있다.

소리는 있으나 글자가 없어 글이 통하기 어렵더니

신의 솜씨로 하루아침에 이 글을 지으사

길고 긴 어둠의 세월에 밝은 빛을 비추었도다.

집현전 학사들이 쓴 글로, 글자 없던 긴 어둠의 세월을 한글이 빛으로 열었다는 뜻이다. 이 표현대로 우리 겨레에 빛을 가져다준 것이 바로 '한글'이다. 한글의 등장은 무엇으로 설명하기 어려운 큰 충격에 가깝다. '혁명적인 아름다움'이랄까, 한글의 창제는 상상을 초월하는 '사건'이었다.

우리는 보통 '아름답다'는 말을 '멋있다'라는 표현으로 바꿔 사용한다. 풍경이나 사물을 볼 때, 순간적으로 "아! 아름답다!" 하기보다는 "와! 멋있다!" 이렇게 말하는 것이 보통이다. '아름답다'는 표현은 주로 글살이에서 쓴다. 말살이에선 잘 쓰지 않는다. "아! 아름다운 여인이여." 이건 말이 아니라 글이다. "아! 저 사람 멋있네." 이런 말은 입에 달고 산다. 옷이 멋있다, 건물이 멋지다, 차가 멋있다, 이런 식이다.
따라서 '아름다움'을 '멋'으로 갈음해도 이상할 것이 없다. 그리고 그 '멋'을 가장 잘 품은 것이 바로 한글이다. 한글에는 깜짝 놀랄 만한 멋이 있다. 앞서 말한 『훈민정음』 해례본의 첫 쪽이다.

세종 임금은 5, 6년간 비밀 프로젝트로 직접 글자를 지으셨다. 그렇게 만들고서 신하들에게 깜짝 발표를 한다. 그때가 세종 즉위 25년, 그러니까 1443년 음력 섣달 그믐날, '내가 이렇게 지었다' 하고 신하들에게 들어 보이셨다. 누구도 몰랐던 사실이었다. 이후 집현전 신하들과 머리를 맞대고 이 『훈민정음』을 다듬고, 해례본을 집필한다. 3년 후인 1446년 10월 9일, 이 책을 완성하여 반포한다. 이 책이 지니는 가치와 의미는 실로 놀라운데, 글자를 만든 날짜와 그 글자의 과학적, 철학적 논리 근거가 이토록 정확하게 기록된 책은 인류 역사에서 유일하게 이 『훈민정음』밖에 없다.

세종 임금은 한글을 디자인하고 그 디자인 설명서까지 완벽하게 갖춘 것이다. 잘 알려진 대로 이 책의 앞부분, 그러니까 「예의例義」 부분은 세종이 직접 썼고 나머지는 집현전 학사들이 완성했다. 세종은 그 「예의」 첫 부분 다섯 줄에 새 글자의 바탕 생각, 그러니까 한글이 품은 멋의 핵심을 짚어놓았다.

훈민정음의 첫머리는 "우리나라 말이 중국과 달라서國之語音 異乎中國"로 시작하는데, 세종이 기획하고 추구한 첫 번째 생각 바탕은 바로 이 '다름'에서 출발한다. 기존의 것이 아니라 '새로운 멋'을 지어낸 것이다.

조선 초기에 '국제'라는 개념은 지금과 달라 오로지 중국밖에 없었다. 바다 건너 일본은 크게 의식하지 않았다. 지금은 미국도 유럽도 있지만, 당시엔 오로지 중국뿐이었다. 더구나 예속적인 관계였다. 세자 책봉도 허락을 받아야 했고 연호도 받아야 했다. 외교권은 전혀 없었고 나라의 큰일을 도모하려면 형식적으로라도 허락을 받아야 했다. 심지어 기록을 보면 중국에서 사신이 와서 중국 황제의 문서를 전할 때는 조선 임금은 평복 차림으로 갈아입고 나가야 했다.

지금에 비하면 국제 관계의 위압감이 훨씬 높았던 시대였다. 그런 상황에서 새로운 글자를 만드는 일은 위험한 것이었다. 단순히 보면 문화적인 측면의 것이지만, 사실 그 속에는 '자주'라든가 겨레의 '정체성' 같은, 배알이 단단히 박힌 프로젝트였다. 그러니까 조선이 중국의 영향력에서 벗어나 우리의 제다움을 찾겠다는 문화적 도전이었던 셈이다.

따라서 이 프로젝트는 무슨 '문화 발전 5개년 계획' 처럼 국가 차원에서 내놓고 할 수 없었고 세종은 글자 개발을 비밀리에 진행했다. 세종은 명석했던 세자 문종과 총명했던 둘째딸 정의공주, 그 밑에 수양대군, 안평대군을 데리고 한글 디자인 작업을 한 것이다. 그렇게 세종이 사명감으로 새 글자를 만들기 시작해 그 완성을 보기까지 5년이란 세월이 걸렸다.

ㄱ

세종이 디자인한 한글의 첫 글자, 기역. 이 글자를 들여다보면 세
종이 기획한 '새로움'이 무엇인지 확실히 느낄 수 있다. 당시 국
제적인 아름다움의 기준은 한자였다. 당시에 수천 년 이상 갈고
닦은 한자의 아름다움에 도전할 수 있는 글자는 없었다. 지금 봐
도 한자의 아름다움은 세월의 깊이만큼이나 유려하다. 세종은 이
렇게 오랜 세월 정형화해온 한자와는 전혀 다른 새로운 디자인,
새로운 글자를 만들어냈고 국제적 흐름에 휩쓸리지 않는 새로운
아름다움을 창조했다. 작은 나라가 제국 문화에 맞서 존재감을
드러낸 사건이었다.

우리가 예술작품을 볼 때 간혹 아름다움을 느끼곤 하지만, 정말
어떻게 형언할 수 없는, 충격적인 아름다움을 느끼기는 쉽지 않
다. 나는 바로 이 'ㄱ'자 하나에서 그러한 충격을 느낄 수밖에 없
었다. 가히 혁명적인 감동이었다.
세종의 기획대로 우리말은 중국말과 다르다. 세종은 우리말에 맞
는 꼴을 찾아내고 만들어냈다. 언어학적으로 우리말은 중국과 발
음부터 다르다.

한·중·일 세 나라에서 가장 복잡한 음절을 쓰는 나라가 어디일까. 음절이란 소리가 하나의 마디로 똑 떨어지는 소리 단위이다. 일본인은 100여 개 음절 정도를 쓴다. 일본인은 50개 글자를 가지고 자신들의 음절을 운용할 수 있었다. 그래서 일본말 발음에 맞는 한자를 골라 약화시켜 우리보다 600년 앞서 가나자를 만들었다. 중국말은 사성四聲이 있어 복잡해 보이지만 실제로는 600 음절가량을 쓴다.

그러나 우리말은 약 1천 음절 이상을 쓴다. 그러니까 만일 우리가 우리말을 한자로 쓴다면 1천 자 이상의 한자를 빌려와 써야 한다. 이건 불가능한 일이다.

중국에서 한 번은 이런 일이 있었다. 광장을 지나가는 데 바람이 심하게 불었다. 같이 걷던 중국인 교수가 "따펑" 그런다. 말 그대로 강한 바람이란 뜻이다. 한자로 쓰면 '대풍大風'이다. 그런데 우리말로 하면 "바람이 세게 부네" 정도가 된다. 7음절이나 써야 한다. 이런 면에서 중국말과 우리말은 완전히 다르다. "오성홍기가 바람에 펄럭인다." 이 말도 중국인이 하면 "홍치퍄오퍄오"가 된다. '홍기표표紅旗飄飄'라 쓰고 그대로 말한다. 이건 근본적으로 문법도 다르고 말도 다른 언어이다.

그런데 이 글자를 1500년이나 써왔으니 얼마나 불편했겠는가. 『훈민정음』 해례본에 정인지가 남긴 글을 보면, 당시의 고민을 잘 알 수 있다.

> 세계는 기후와 토질이 저마다 다 다르고
> 말소리의 기운도 그에 따라 서로 다르다.
> 대체로 중국 이외의 나라말은
> 그 말소리는 있으나, 그 글자는 없다.
> 이렇게 중국의 글자를 빌려 쓰는 것은
> 마치 둥근 구멍에 모난 자루를 낀 것과 같으니
> 어찌 그것을 알맞게 잘 쓸 수 있겠는가.

한자를 쓰는 것은 둥근 구멍에 모난 자루를 끼는 격이라 비유한 정인지는 계속해서 "옛날, 신라의 설총이 이두를 만들어 관청과 민간에서 이것을 쓰고 있지만 모두 한자를 빌려 사용하므로 어색하고 말을 적는 데는 만분의 일에도 미치지 못한다"고 적었다.

훈민정음은 한 사람의 엄청난 창의력이 빚어낸, 컴컴한 동굴 속에서 '번쩍' 나타난 환한 빛줄기였다. 그 빛은 아주 단순명료하다. 요샛말로 하면 현대적이기 짝이 없다. 또랑또랑하고 옹골차다.

알파벳의 역사가 한 5000년 정도다. 한자가 3000년, 히라가나가 1200년 나이를 먹었다. 이를 사람의 나이로 환산하면, 영문이 한 백 살, 한자가 환갑, 일본 히라가나가 20대 중반 정도다. 우리 한글은 올해가 567돌이 되니, 열두 살이 안 된 소년이다. 그렇게 나이 어린 한글이 당돌하기가 짝이 없다.

다시 'ㄱ'자를 보자. 가만 보면 저 글자 하나가 전체 한사의 어떤 조형미를 거의 제압할 정도로 현대적이고 옹골차다. "야, 정말 멋지다!" 하는 감탄이 절로 나오게 한다. 울림이 큰 디자인이다. 이 글자를 보고 있노라면 그렇게 마음이 편해질 수가 없다.

예전에는 서구 디자인에 기대서 그쪽하고 좀 비슷하면 정말 디자인을 잘하는 것처럼 느껴질 때가 있었다. 나 역시 마찬가지였다. 괜한 열등감에 사로잡혀 다들 그렇게 배우고 가르치던 시절이었다. 그런데 어느날, 한글이 내게 왔다. 그 후 그런 열등감이 사라졌다. 우리에게도 저런 문화유산이 있구나, 하는 것을 자각했다고나 할까, 우리의 것에서 가장 현대적인 아름다움을 발견하게 된 것이다.

디자인의 세계에선 단순하고 명료한 것이 아름답다. 다시 『훈민정음』을 들여다보자.

우리나라 말이 중국과 달라서 한자와는 서로 잘 통하지 못한다. 이런 까닭으로 어리석은 백성이 말하고 싶어도 그 뜻을 펴지 못하는 사람이 많다. 내가 이것을 가엽게 생각하여 새로 스물여덟 글자를 만드니 모든 사람이 쉽게 익혀서 날마다 쓰는 데 편하게 하고자 한다.

마지막 줄에 '쉽다'는 말이 있다. 세종은 디자인의 개념을 '쉽게' 가져간 것이다. 기역의 줄기를 보면, 이렇게 한 번 단순하게 꺾어진 것이 얼마나 쉬운 꼴인가.

『주역』「계사전」에 이런 말이 있다. "건이이지 곤이간능乾以易知坤以簡能." 그러니까 하늘이 하는 일은 쉽고, 땅이 하는 일은 간단하다는 뜻이다. 이렇게 쉽고 간단한 것을 만들어내는 것은 보통 일이 아니다. 간명한 아름다움, 세종의 노력이 맺은 놀라운 결과물이다.

세종 임금은 책벌레였다. 『조선왕조실록』을 보면 아버지 태종이 환관을 시켜 밥상에서 책을 빼앗게 한다. 밥 먹을 때마다 책을 보며 밥을 먹으니 부모 마음에 안타까워 그랬던 것이다. 하도 책을 봐서 비대한 몸집에 당뇨병으로 고생했다고 전해진다.

세종은 조선 왕 중에서도 가장 경연經筵을 많이 연 임금이다. 경연은 어전 세미나로 왕이 신하와 더불어 학문을 논하는 자리였다. 왕도정치의 근본을 학문에 둔 조선의 통치 철학이 가장 잘 드러난 제도이기도 했다. 세종이 제위 기간에 연 경연 횟수는 무려 1천898회다. 매달 다섯 번씩 연 셈이다. 조선 역사에서 세종보다 경연을 많이 연 임금은 재위 기간이 52년이었던 영조가 유일하나, 한 해 평균으로 치면 세종이 많다.

이 경연의 핵심은 묻고 답하는 '소통'이었다. 세종은 이 경연에서 실사구시를 매우 중요시했다. 나라 경영에 실제 필요한 주제만을 경연에 붙였다. 세종은 바로 이렇게 끊임없는 연구와 소통을 통해 자신의 이상을 펼쳐갔다. 그리고 그 결과물 가운데 하나가 바로 이 한글이었다.

한글이 쉽고 간명하지 않았다면, 역사에서 사라져버렸을지 모른다. 조선 10대 왕 연산군은 재위 3년 만에 친모의 죽음과 관련된 이들을 잡아 죽이면서 무오사화를 일으켜 폭정의 길을 걷게 된다. 그의 폭정을 비방한 한글 투서가 민심을 동요하자 연산군은 한글 사용을 금지한다. 한글로 된 건 다 태워버리고, 한글을 쓰면 역도로 몰아 옥살이를 시켰다. 그러나 그러한 조치로 한글을 없앨 수는 없었다. 익히기가 너무도 쉬웠기 때문이었다. 연산군은 중종반정으로 폐위되었지만, 한글은 그 후로도 계속 살아남았다.

조선시대에는 특히 여자들이 한글을 많이 사용했다. 심지어는 임금도 한글을 썼다. 공주조차 글을 가르치지 않는데 시집을 가고 나면, 아버지와 딸이 연락할 길이 없었다. 임금도 한 아버지이거늘, 시집간 딸이 얼마나 보고 싶었겠는가. 이렇게 딸이나 부인과 소식을 주고받을 때 조선 임금도 한글로 편지를 썼다. 이 또한 한글이 익히기가 쉬웠기 때문에 가능했던 일이다.

『훈민정음』에 정인지가 남긴 글에서도 이런 점을 확인할 수 있다. "새로 만든 글자는 이렇게 쉽고 간명하기에 총명한 사람은 아침나절을 마치기도 전에 깨우치고, 어리석은 이라도 열흘이면 배울 수 있다故智者不終朝而會 愚者可浹旬而學." 우리는 이 글에서 한글을 만든 이들의 대단한 자신감과 자긍심을 엿볼 수 있다.

그도 그럴 것이 외국 사람에게 한글을 가르쳐보면 한글이 얼마나 쉬운 글자인지 확실히 알 수 있다. 차를 마시면서 가르치면, 찻집에서 나와 길거리를 다니면서 한글을 읽는다. "자장면!" 이렇게. 언어학자들은 한글이 세계에서 가장 쉬운 글자라는 데 크게 이의를 제기하지 않는다. 이렇게 한글은 쉽고 단순명료하다. 그렇기에 또한 아름답다. 우리가 영어로 '미니멀minimal'을 이야기하지만, 한글만큼 그러한 것이 또 있을까.

한글 글꼴이 지닌 기하학적인 간결함과 현대적인 멋 또한 환상적이다. 세종 임금의 디자인에 덧칠을 해보려는 시도가 지금까지 없었던 것이 아니다. 그간 F 발음과 V 발음, Z 발음 같은 것이 어려우니 새로운 글자를 만들어야 한다는 요구가 많았다. 그러나 그런 것을 할 때마다 항상 벽에 부딪힌다. 새로운 한글 글자를 만들기는 무척이나 어렵다. 실제로 새 글자를 도안해보면 금방 어려움에 봉착한다. F 발음을 할 때 피읖에 점을 하나 찍어보는 정도의 시도가 그래도 가장 근사치에 가까운 정도니, 기존 한글에 어울리는 새 글자를 만든다는 것은 정말 쉽지 않다. 그만큼 한글은 완벽한 완성도와 아름다움을 지녔다.

다시 'ㄱ'을 보자. 모두 아는 사실이지만, 우리는 '기역'을 소리 내면 혀의 모양이 'ㄱ'의 형상을 한다고 배웠다. 그러나 실제로 그걸 느껴보면, 눈을 감고 '그'라고 발음을 해보면, 혀가 살짝 구부러지면서 긁는 소리를 낸다. 그러니까 혀가 실제 'ㄱ' 모양이 되는 것이 아니라 그런 비슷한 느낌밖에는 없다. 이런 느낌을 형상화해 디자인한 것은 실로 놀라운 발상이다.

우리는 그저 책에 있는 대로 이해하니, 이것이 쉽지만, 처음에 아무것도 없는 상태에서 시작해 디자인을 완성한 그 발상은 정말 대단한 것이다. 이건 번뜩이는 아이디어와 열정이 빚어낸 결과물이다.

디자이너의 시각으로 보면, 한글만큼 대단한 디자인이 또 있을까 싶다. 정말 놀라운 디자인이다. 책상이나 모자, 신발을 디자인하는 것과는 전혀 다른, 엄청난 것을 디자인한 것이다. 나는 이것을 '큰 디자인'이라 부른다.

사실 나는 '디자인'이라는 말에 늘 콤플렉스를 가지고 있었다. 앞에서 말한 대로 서양에 눌려 있기도 했고, '디자인design'이란 말이 영어라서 몸에 붙지 않아 항상 답답함을 느꼈다. 그래서 늘 우리말로 이것을 어떻게 부를 수 있을까 생각했다. 세종이 지은 한글을 보면서 나는 이 것을 찾았다. 바로 '멋지음'이다.

멋을 부리는 것도 아니고 멋을 만들어내는 것도 아닌, 멋을 짓는 것. 바로 그것이 디자인이다. 우리말로 하면 그런 것이었다. 이 '짓다'라는 말은 우리말에서 참 중요하다. 의식주가 다 짓는 것으로 이뤄져 있다. 밥 짓고, 집 짓고, 옷 짓고, 글도 짓는다. 웃음도 짓고, 눈물도 짓고, 죄도 짓고, 인생살이에서 업도 짓는다.

짓는다는 말은 삶을 아우르는 창의적인 무엇인가가 포함될 때 쓰는 말인 셈이다. 그래서 디자인을 '멋지음'이라 부르는 것이 자연스러워진다. 우리 한글을 이 '멋지음'으로 풀어보면, 우리 민족이 지금까지 지어온 수많은 멋 중에서 으뜸이 아닐까 한다.

한글은 큰 멋이다. 그냥 작은 멋이 아니라 정말 큰 멋이다. 이 글자는 박물관이나 기념관에 우두커니 있는 것이 아니라 살아서 생생하게 점점 자라난다. 시간이 갈수록 점점 더 다듬어지고 딱히 소유자가 정해진 것도 아닌 채로, 심지어는 민족의 울타리 밖으로까지 뻗어나간다. 푸른 느티나무보다 더 크게, 북유럽의 신화에 등장하는 우주를 향해 자라는 세계의 나무처럼, 자라고 또 자란다.

칸딘스키는 점을 울림이라 했다. 세종은 점에 하늘을, 그러니까 우주를 담았다. 상상력의 그릇이 다르다. 그래서 나는 이 큰 한글의 아름다움과 같이 사는 것이 참 행복하다.

1953년 전라북도 남원에서 태어나 서울대학교 미술대학과 대학원을 졸업했다. 서울, 파리, 도쿄, 시카고, 베를린, 로스앤젤레스 등 국내외에서 수십 회의 개인전을 가졌고 피악, 바젤, 시카고 국제아트페어와 광주비엔날레, 베이징비엔날레, 한국 현대미술 일본 순회전과 중국 순회전, 유네스코 현대미술전 등에 참여했다.

국립현대미술관, 호암미술관, 서울대학교미술관, 대영박물관, 온타리오미술관 등에 작품이 소장돼 있으며 세종문화회관 대극장, 국립국악원 소극장, 충무아트홀 대극장 등의 무대면막을 〈생명의 노래〉 연작으로 제작했다. 서울대학교 미술대학장, 서울대 미술관장 등을 역임했으며 현재 서울대학교 미술대학 교수로 일하고 있다. 미술기자상, 선미술상, 대한민국기독교미술상 등을 수상했다.

(김병종:)
화가 , 서울대학교
미술대학 교수

대중의 사랑을 가장 많이 받는 화가 중 한 명인 김병종 교수. 그는 '전통과 현대', '구상과 추상'의 조화로 끊임없이 한국화의 새 지평을 열어가고 있다. 또한, 그림과 글의 경계를 넘나들며 미술 애호가와 독자들을 사로잡는다. 이미 대학 재학 시절 민전에 특선을 하고 전국대학생미전 대통령상을 받아 화가로 두각을 나타냈고, 동아일보와 중앙일보. 신춘문예에서 각각 미술평론과 희곡이 당선되는 등 글에도 남다른 재능을 보였다.

김병종 교수는 특유의 인문학적 소양으로 자신의 예술세계를 확장해왔고 유가예술철학 연구로 철학박사 학위를 받았다. 『김병종의 화첩기행(1~4권)』과 『중국회화연구』와 함께 화집으로 『바보 예수』, 『생명의 노래』, 『길 위에서』, 그림 수상집으로 『오늘밤, 나는 당신 안에 머물다』 등의 책을 펴내며 "그림처럼 글을 그리고, 글처럼 그림을 쓰는(최재천)" 화가로 왕성한 활동을 펼치고 있다.

붓,
필총筆塚을
만들까나

김병종 | 화가, 서울대학교 미술대학 교수

> 결혼을 앞두고 신부에게 나는 화가이니 내가 쓰던 붓 한 자루 앞에 놓
고 맞절하는 것으로 결혼식을 대신하면 어떻겠냐 했더니 멋있는 생각
이라고 해서 의기양양했던 적이 있었습니다. 물론, 한 달도 못 돼 양가
에서 말도 안 되는 소리 하지 말라고 해서 남들 다 하는 방식으로 결혼
식을 하고 말았습니다만, 이렇게 '내 인생의 아름다움'을 생각하면서
떠오르는 것 중 하나가 '붓'일만큼 저와 붓과의 인연은 참으로 질기고
깊은 것 같습니다.

동양의 모필은 대단히 인간적이고 또한 인문학적인 재료입니다. 그것
은 단순히 그림을 그리는 도구를 넘어 사람과 감정을 나누고 소통하며
서로 넘나드는 존재가 아닐까 생각해봅니다. 그래서 옛날 중국에선 문
인이나 사대부가 평생을 함께했던 붓으로 무덤을 만들었다고 합니다.
학창 시절에 처음 이 이야기를 들었을 때는 지식인의 호사가 좀 과도한

게 아닌가, 무슨 붓을 가지고 무덤까지 만드나, 했는데 이제 30년이 넘게 붓을 쓰다보니 옛 분들의 생각에 공감이 갑니다.

나만 해도 20여 년 이상 써서, 거칠어지고 물크러진 붓을 보면 조강지처의 모습처럼 안쓰럽고 뭉클한 어떤 느낌이 들어, 차마 버리지 못하고 곁에 둘 수밖에 없게 됩니다. 내가 정말 많은 시간을 이 물건과 함께해왔구나, 하는 세월의 무상함 같은 것이랄까, 동지애랄까, 어느 때는 나를 인도해준 스승 같은 느낌마저 듭니다.

제가 몸담은 그림 세계에서도 자고 나면 첨단의 도구와 재료가 새로 생겨납니다. 이런 시대인데도 낡은 붓에 느끼는 정서나 감정은 뭐라 한마디로 표현할 수 없을 정도로 미묘합니다. 애틋함이랄까, 착잡함이랄까, 어쨌거나 그 감정이 좀 특별한 것은 사실입니다.

붓 한 자루에 의탁해 30여 년 세월을 지내오면서, 옛 선비들이 문방사우文房四友라고 부르며, 그것들을 친구로 여겼던 심정을 이해하게 됩니다. 일평생 함께해도 섭섭함이 없는 관계, 배신이나 미움이 없는 관계이니 친구도 보통 친구가 아니지요.

그래서 내 인생의 아름다움을 생각하면서, 평생 반려자였던 이 '붓'에 깃든 마음들을 되짚어보는 이 작업이 제게는 매우 의미 있는 일로 다가옵니다. 붓과 함께 살아온 날이 짧지 않으니, 정작 그 붓을 주인공으로 삼는 저를 숙연해지게까지 합니다.

이제 몇 개의 작품을 따라가면서, 작품 그 자체가 아니라 붓의 쓰임새에 따라 어떻게 그림이 이뤄져왔는지, 붓을 주인공으로 해서 이 지면을 통해 함께 나누고자 합니다. 어찌 보면 나는 그것들이 이끄는 대로 이리저리 갈지자를 그리며 행보를 이어온 느낌이기도 합니다.

이것은 아주 굵은 호의 붓과 그보다 작은 것들을 몇 개 골라서 찍은 사진입니다. 1980년대 초반, 〈바보 예수〉 시리즈를 많이 그렸는데, 이 시절의 그림은 그야말로 아주 즉흥적이고 격정적으로 붓의 운필運筆에 따라 느낌을 그대로 구현해놓은 것이 대부분입니다. 예컨대 변형하거나 변조하지 않고 지필묵이 물과 만나 이루는 순수한 형상이라고 할까요. 붓과 먹이 노래와 장단처럼 일순에 제대로 만나고 흩어진다 싶을 때면 참 행복했습니다.

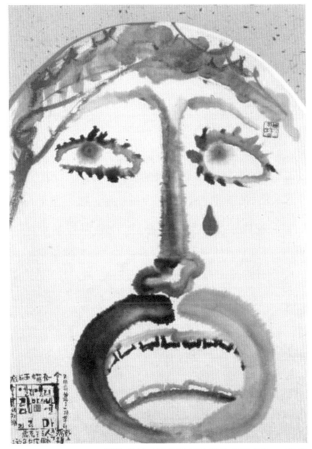

〈바보 예수〉, 화선지에 먹과 채색, 170×110cm, 1985

〈바보 예수〉, 〈흑색 예수〉의 연작에서 붓의 흥취를 살린 이런 그림을
많이 그렸습니다. 모필은 서구의 재료와 달리 부드럽습니다. 붓에다 물
과 먹을 순간적으로 섞으며 진하고 흐리게 변화를 줘 선만 가지고 그려
본 것입니다. 하지만, 이런 느낌이 손에 익기까지는 만만치 않은 세월
과 연륜이 필요했습니다.

그런데 그렇게 손이 어느 정도 익숙해지면 단순히 선으로 어떤 형상을 표현한다기보다는 마치 우리 몸의 뼈처럼, 그 기본이 되는 힘찬 선을 구현한다 해서 골법용필骨法用筆이라는 운필을 시도하게 됩니다. 우리 선비들도 이 운필을 대단히 중시했습니다. 그러다 보니 중봉中鋒, 편봉 偏鋒, 삼절법三折法과 같은 여러 방법론이 생겨나게 된 것입니다. 필법 筆法, 즉 도법刀法이라 해서 붓 쓰기와 칼 쓰기를 견주기도 하는데 작업 을 하면서 이 말의 뜻을 이해하게 되었습니다.

〈닭이 울다〉, 한지에 먹과 채색, 78.5×57cm, 1988

이 그림은 초보적인 운필로 만들었던 작품입니다. 제가 기독교인이기도 해서 기독교적 주제를 붓과 먹의 미학에 접목시켜본 것입니다. 성경에 나오는 베드로와 닭의 사건을 주제로 삼아 문인화의 방법으로 형상화했는데, 알려진 대로 문인화라고 하는 것은 직업적인 화가라기보다는 취미로 그림을 그렸던 당대 지식인들이 남긴 작품입니다.

글씨와 그림의 재료가 같다 보니 자연스럽게 문인 혹은 사대부가 즐겨 글씨를 쓰다가 먹 장난도 해보고 그 먹 장난이 조금 더 나아가 어떤 형상을 가다듬으면서 독특한 '문인화'라는 장르가 생겨났는데 그 문인화의 특성 가운데 하나가 여백이 많다는 것입니다. 이 시기의 제 작품도 먹선과 여백의 미학을 살려보려 한 것들입니다.

문인화의 작가들은 여백을 "쓸데없이 빈 곳이 아니라 기의 미립자로 충만한 생명의 공간"으로 받아들였습니다. 그래서 여백을 살아 있는 공간으로 생각했고 먹선과 흰 부분을 음과 양의 조형상으로 이해했습니다. 그리고 그 그림에 글씨를 써넣어 그림을 수신修身의 한 방법으로 삼은 것도 문인화의 특징이 됩니다.

〈목수의 얼굴〉, 화선지에 먹과 채색, 64.5×47cm, 1986

전 어렸을 때부터 주일학교에 다녔습니다만, 의문이 하나 있었습니다. 왜 서양의 화집이나 아니면 성당이나 교회당에 있는 예수 그리스도는 늘 그토록 미끈한 백인 미남자의 얼굴로 등장할까, 하는 의문이었습니다. 목수의 아들이라는데 마치 귀공자처럼 멋진 얼굴을 하고 있었으니까요. 이 그림은 이런 상상력을 확대해 목수의 얼굴로 표현해본 것입니다.

앞에서도 설명했지만, 문인 사대부 계층에서 즐겨서 그렸던 문인화엔 그림의 보안 수단 혹은 함께 가는 수단으로 시를 등장시키기도 합니다. 이른바 시詩·서書·화畵의 일치를 추구한 것이지요. 이제 이 전통은 사라졌지만 그러한 전통의 한 맥락을 잡아서 제 나름의 서예로 짧은 글도 적어봤습니다.

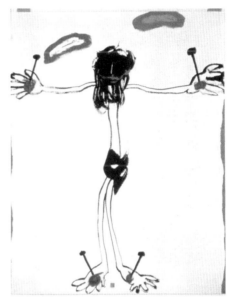

〈육은 메마르고〉, 화선지에 먹과 채색, 100×78cm, 1980

이 작품은 세필로 그린 그림입니다. 털이 비교적 가는 붓을 가지고 아까 이야기한 '중봉中鋒' 즉 '붓의 한가운데가 지나가도록 하는 운필'로 그렸습니다. 이 중봉에서 유의할 점이 한자로 '칼끝 봉鋒'을 쓴 것처럼, 바로 붓을 칼처럼 생각했다는 점입니다. "1필筆이 1도刀다, 1도刀가 1각刻이다"라는 말 그대로 전각이나 서예에서 쓰는 필법을 세필로 빌려다 써본 작품입니다.

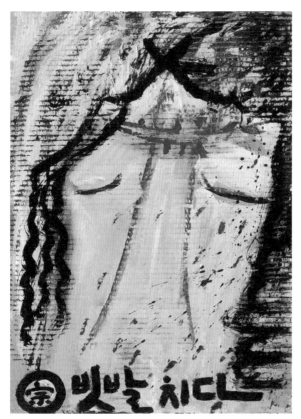

〈빗발치다〉, 골판지에 먹과 채색, 72×52cm, 1989

이 그림도 십자가에 매달린 예수 그리스도의 얼굴을 간략하게 형상화
한 것입니다. 전통적인 화선지에 그리지 않고 골판지에 그렸기에 선이
대단히 거칠게 표현되었습니다.

〈피와 꽃, 바보 예수에서 생명의 노래까지〉 부분, 7×30m, 광주비엔날레 설치작품, 2004

이 그림은 2004년 광주비엔날레에 선보였던 연작 가운데 일부분인데, 크기가 6-7미터는 되었습니다. 그러니까 아주 큰 붓으로 선을 내리긋고 검무를 추듯이 붓 한 자루로 작품을 표현해본 것입니다. 폭포와 고여 넘치는 물을 옮겨보았습니다.

〈목수 얼굴〉, 골판지에 먹, 77×76cm, 2001

이 그림은 골판지에 불규칙하게 퍼져 나가는 먹의 효과를 살려 예수님의 옆모습을 상상하면서 그린 작품입니다. 어릴 적 동네에 목수 한 분이 사셨는데, 심심할 때면 목수 아저씨네 집에 가 일하는 모습을 구경하곤 했습니다. 톱질 사이로 하얗게 뿜어져 나오던 톱밥, 대패질과 함께 곱게 살아 올라오는 나뭇결, 그리고 그 목수 아저씨의 이마에서 굵은 땀방울이 떨어져 내리던 광경을 잊을 수가 없습니다. 그 무욕한 노동의 아름다움이라니요. 죄 없는 상태란 목수 아저씨의 그 대패질과 톱질의 시간 같은 것이 아닐까 합니다.

〈큰 못〉, 골판지에 먹과 채색, 98×74cm, 2003　　　　　　〈화관〉, 골판지에 먹과 채색, 92×77cm, 1990

〈큰 못〉은 예수님의 발에 못이 박힌 모습을 그린 것인데, 그런 강렬함
이랄까, 피 흘림으로 수만 송이 꽃이 피는 것처럼 생명들이 일어서는
느낌을 강하게 표현하고 싶어 붓의 대공을 잘라버리고 거칠게 운필을
가져간 것입니다.

〈화관〉은 정통 필법이 아니고 붓을 휘둘러서 십자가에 못이 박히고
시간이 지나 목이 '툭' 떨어지는 것 같은 느낌을 부감으로 내려다보
면서 적당한 생략 과정을 거쳐서 필선으로 표현한 것입니다.

왼쪽은 〈바보 예수〉를 그리던 무렵의 제 작업실 풍경입니다. 위는 그
화실에서 그림을 그리는 모습을 찍은 것입니다. 저런 큰 붓도 씁니다
만, 먹을 듬뿍 찍어야 했는데, 순전히 촬영용이어서 붓이 하얗습니다.

〈조선 물도리동〉, 한지에 먹과 채색, 28×56cm, 1990

이 작품은 하회마을의 물도리동을 그린 것입니다. 하회마을은 젊은 시절, 제가 자주 돌아다녔던 곳 가운데 하나였습니다. 30년 전에 저는 그곳에서 부드러운 한국적 풍경의 한 전형을 보았습니다. 붓의 선만 가지고 산의 형상을 부드럽게 먹 한 필로 둥글게 휘두르고 물색을 담채로 표현해보았습니다. 요즘의 하회는 많이 달라졌습니다만, 이 그림을 그릴 당시엔 물도리동에 어떤 순수한 원형적인 한국의 자연이랄까요, 혼이 어려 있는 느낌을 받았습니다.

〈숲의 가족〉, 닥판에 먹과 채색, 184.5×245cm, 2002

학생 시절에 단 한 방울의 먹빛도 허용하지 않는 표백한 하얀 종이에 알 수 없는 거부감이 있었습니다. 중국 종이와는 다른, 우리의 생활 정서가 묻어나는 누르스름한 장판이나 토담 같은 질감을 낼 수는 없을까, 하는 생각을 줄곧 하게 되었고 그래서 닥종이의 원료를 가져다가 가루로 만들고 그것을 다시 닥풀에 이겨서 맥질하듯이 바탕을 만들어보았습니다. 그 위에 먹선을 그려보니 늘 보아오던 전형적인 먹선은 나오지 않고 조금 둔탁하고 거친 선들이 나오게 되었습니다. 그 느낌이 좋아서 몇 년간 누르스름한 바탕 위에 먹선으로 작업을 해보았습니다. 숲의 모습을 그린 이 작품도 그중 하나입니다.

〈생명의 노래-숲에서〉, 닥판에 먹과 채색, 97×170cm, 2005

〈생명의 노래-한란〉, 닥판에 먹과 채색, 45.5×53cm, 1998

이 그림들은 전통 문인화와는 좀 다르게 표현해본 것입니다. 위 그림은 학이 있고 눈빛으로 대화하는 작은 새 뒤로 낙락장송이 있습니다. 소를 모는 목동이 아니라 누워서 쉬며 대지의 소리를 듣는 사람을 넣은 것도 맥락이 같습니다.

아래 그림은 사군자를 변형해본 것입니다. 난을 친 것인데, 먹선만으로 난을 표현하고 눈빛으로 대화하는 새를 그려서 좀 새로운 형식의 사군자를 구상해본 것입니다.

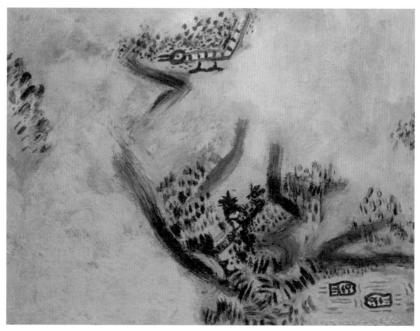

〈생명의 노래-춘삼월〉, 닥판에 먹과 채색, 179.5×220cm, 2002

우리 자연에서 느끼는 정서는 중국 산수화가 가지는 느낌과는 사뭇 다릅니다. 이 그림은 제가 나고 자랐던 지리산 계곡의 그 느낌, 억센 산줄기 그리고 그 청정한 자연 속에서 어울렸던 새와 물고기를 한 폭에 담아본 것입니다.

〈생명의 노래-운주사 기행〉, 닥판에 먹과 채색, 94×131cm, 1994

전남 화순 운주사에 다녀온 감회를 먹과 채색을 한 붓에 찍어 선
으로 표현해본 작품입니다. 운주사의 풍경과 돌부처 위로 지나가
는 세월과 그 바람 소리, 이런 걸 좀 잡고 싶었습니다만, 글로는
이게 가능할 것 같은데 그림으로는 어려움이 많았습니다. 이 작
품에선 문인들이 썼던 고아하고 맑은 먹색보다도 세월이 묻어나
는 중간색 선을 그어보았습니다.

〈생명의 노래〉, 닥판에 먹과 채색, 54.5×72cm, 1998

〈생명의 노래-숲에서〉, 닥판에 먹과 채색, 120×161cm, 1994

왼쪽 위의 그림은 어릴 적 모습을 담은 자화상입니다. 고향집 근처엔 마구간이 있었고 농사를 돕던 조랑말도 있었습니다. 지금과 같은 정보화사회에서 저런 동물과 친구가 된다고 하는 것은 동화 속에나 있을 법한 이야기인데 당시는 그게 가능했습니다. 그래서 그런 추억을 되살린다는 의미로 황토와 먹으로 표현해본 작품입니다.

아래 그림 역시 자전적인 그림인데 어린 시절 낙락장송 아래 땅거미가 질 때까지 누워서 놀다가 잠이 들었던 기억이 되살아나 그린 작품입니다. 으슬으슬 추위 잠에서 깨면 어느새 저녁이 되어 부엉이가 물끄러미 내려다보고 있곤 했습니다. 저는 이렇게 자연과 어울렸던 아름다운 추억을 잊지 못합니다. 그래서 어렸을 때 체험들이 자연스럽게 나오는 것 같습니다. 여기서는 소나무를 붓 선만 가지고 표현해보았습니다.

〈생명의 노래-순이 이모〉, 닥판에 먹과 채색, 95×70cm, 1988

엷은 담묵으로 진한 먹과 함께 구성해 그려본 인물화입니다. 처음 제목
이 〈아내의 초상〉이었는데, 아내가 반발해 〈순이 이모〉로 바꿨습니다.
제가 생각하는 한국 여인의 그 후덕함, 그리고 내면적인 아름다움, 덕
성 이런 것을 그림에 표현해보고 싶었는데 예술가와 30년을 살면서도
역시 실제보다 예쁘게 그려주기를 바라는 것이 여인의 마음인 것 같습
니다.

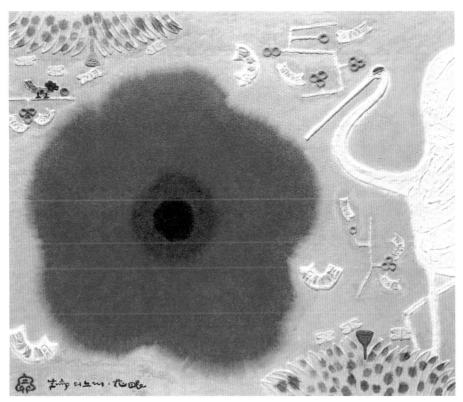

〈생명의 노래〉, 닥판에 먹과 채색, 140×175cm, 2005

지금은 나무와 꽃 이런 것을 많이 그리는데, 나무에도 심장이 있다, 혹은 눈동자가 있다, 생명의 어떤 본질이 담겨 있다, 이런 생각으로 그린 작품입니다. 꽃이 확 피는 순간의 모습을 잡아보고 싶어 먹의 번짐을 이용해보았습니다.

내 곁에 남아 있는 붓마다 사연이 있을 터인데 처음 그것을 사 들고 화실 문에 들어섰을 때는 호기로웠던 것 같습니다. 그 붓으로 장강대하처럼 힘차고 아름다운 그림을 그려낼 요량이었던 것이지요. 그래서 좋은 붓을 얻으면 의기충천했고 어릴 적 새 운동화를 받을 때처럼 며칠씩 가슴이 환하다 못해 시릴 정도였습니다.

하지만 "세월은 늘 나를 속이고 간다"는 시처럼 오랜 세월이 흐르고 나서 늙은 붓을 바라보면 그 옛날의 의기충천함과 호기는 간 곳 없고 그저 쓸쓸한 마음뿐입니다. 설마 붓이야 나를 속였을 리 없겠지만, 세월이 나를 속인 것만은 분명한 까닭입니다.

붓은 대단히 즉물적인 물건입니다. 붓을 잡은 이의 몸 상태와 심지어 기분까지 종이 위에 그대로 옮겨놓습니다. 기분이 좋을 때면 경쾌하게 춤을 추고 마음이 무겁고 답답할 때면 좀체 나가려 하질 않습니다. 그래서 물아일체라는 말이 실감이 납니다. 처음 그림을 그리겠다고 나섰을 때부터 붓과의 애틋한 인연이 시작되어 이제는 아예 생애 자체를 그 한 자루에 의탁해 사는 느낌입니다. 세상은 광속으로 변하고 온갖 새로운 것들로 번쩍대는데, 내 첫사랑 붓 한 자루는 나와 함께 세월을 지탱하고 있습니다. 진정 낡아도 좋은 것은 사랑뿐인 것 같습니다.

1955년 경상북도 울진에서 태어나 건국대학교 국문과를 졸업하고 같은 대학원에서 「김수영 시 연구」로 박사학위를 받았다. 1978년 동아일보 신춘문예 평론 당선, 1979년 『문학과지성』에 「담배를 피우는 屍體」 외 4편을 발표하면서 문단 활동을 시작했다. 시집으로 『또 다른 별에서』(1981), 『아버지가 세운 허수아비』(1985), 『어느 별의 지옥』(1988), 『우리들의 陰畵』(1990), 『나의 우파니샤드, 서울』(1994), 『불쌍한 사랑 기계』(1997), 『달력 공장 공장장님 보세요』(2000), 『한 잔의 붉은 거울』(2004), 『당신의 첫』(2008) 『슬픔치약 거울크림』(2011) 등이 있고 시론집으로 『여성이 글을 쓴다는 것은』(2002)이 있다. 현재 서울예술대학 문예창작과 교수로 일하고 있다. 소월시문학상, 김수영문학상, 현대시작품상, 미당문학상, 대산문학상을 수상했다.

(김혜순)

시인, 서울예술대학 문예창작과 교수

김혜순 교수는 1980년대 이후 강력한 미학적 동력으로 한국 현대시를 개척해온 여성 시인이다. 특유의 화법과 언어 실험으로 자신만의 시적 이미지를 창조해온 시인은 그 이름만으로 하나의 시적 공화국이라 할 만하다. "창 밖에 산성비가 내리면 시인의 몸 안에도 산성비가 내린다"는 그녀의 시학은 2000년대 등장한 젊은 시인들에게 뚜렷한 시적 영감을 주었다. 멈추지 않는 상상력과 에너지로 자신을 비우고, 자기 몸으로부터 다른 몸들을 끊임없이 꺼내온 김혜순 시인의 시학은 언제나 자기 반복의 자리에서 저 만치 떨어져 있다. 그녀는 이렇게 말한다. "더구나 나는 문학적 보편성이라는 이름으로 불리는 남성적 원전에 부대끼면서도, 페미니즘이라 불리는 서양적 담론으로부터도 멀리 떨어져 사는 제3세계의 여성 시인이다. 그럼에도, 이 자리, 이중 삼중의 식민지 속에서 나는 여성의 언어로 여성적 존재의 참혹과 광기와 질곡과 사랑을 드러내는 글 쓰기에 대해 말해야 한다. 이것이 나에게 시를 쓰게 하는 동력이다."(『여성이 글을 쓴다 는 것은』)

귀,
안으로의
무한

김혜순 | 시인, 서울예술대학 문예창작과 교수

> I

오늘 내 귀에는 어떤 소리들이 쏟아져 들어왔나. 저녁에 집에 돌아와 떠올려보면 아름다운 소리는 하나도 없었습니다. 나는 그저 이 도시에서 소음과 마주하고 있었습니다. 인간과 인간이 만든 기기들이 저마다의 소리를 내고 있는 도시에서 나날의 삶을 영위하고 있었습니다.

나는 시인은 귀로 시를 쓴다고 생각합니다. 시인은 말이 그친 곳에서 씁니다. 왜냐하면 시인은 말할 줄 모르는 두 귀로 말 아닌 말을 씁니다. 귀가 하는 말, 그것이 시입니다. 시는 입으로 하는 말이 아니어서 신음, 한숨, 노래, 비명과 비슷합니다. 이명과도 비슷합니다. 김수영의 시론으로 하면 기침, 가래, 침과 비슷합니다. 시인은 귀로 들어온 것을 구축

해서 귀로 씁니다. 육안으론 보이지도 않는 이미지를 실제의 내 귀로는 들을 수도 없는 '귀말'로 씁니다. 지금 여기에서 지금 여기의 사후事後를 씁니다. 시인은 마치 번개 뒤의 천둥처럼 번개 속에서 천둥을 씁니다. 이런 것 때문에 플라톤이 시인을 '국가'에서 추방해야 한다고 했을 것입니다. 이데아를 두 번씩이나 모방해서 겨우 하는 짓이 다른 세계, 아무것도 아닌 세계, 부재의 세계를 읊어대는 자들. 그러니 추방해야만 했을 것입니다. 귀로 두 번 걸렀으니 얼마나 국가에 위해危害한 말이었을까요?

귀는 눈에 비해 그저 구멍입니다. '오늘 나는 이 구멍으로 무엇을 들었나. 오늘 내 귀에 들어온 소리들은 다 어디로 갔나. 소리가 내 팔이 되었나. 내 머리가 되었나. 내 꿈이 되었나. 아니면 저 들판이 되었나. 저 파도가 되었나. 그러나 이 두 구멍은 그저 나선형으로 구부러진 채 수동적으로 '있었을 뿐'입니다. '너와 내가 말하고 있을 때 귀는 무엇하고 있었나.' 그러면 귀가 대답합니다. '나에게 붙어서 나 아닌 것인 것처럼, 침묵처럼 가만히 있었지.' 나는 또 질문합니다. '너와 내가 마주 서서 아무 말 없이 가만히 서 있을 때 우리는 무엇을 들었나. 그때 누가 와서 말했나.' 그러면 귀가 대답합니다. '우리 사이의 침묵처럼 귀가 와서 말했지.'

누구나 1인 방송국처럼 떠들어대는 세상입니다. 가상공간 어딘가에 집을 짓고, 혼자 입을 열어 누구의 귀가 열려 있는지도 모르는 채 우선 말부터 해봅니다. 가상공간의 집을 장식하려고 사진기를 들고 다니고, 남의 작품을 양해도 구하지 않고 긁어가서 벽을 꾸미고 그럽니다. 모두가

1인 편집자, 비평가, 프로듀서가 됩니다. 떠도는 말 속에서 생겨났나가 떠도는 말 속으로 사라져가는 말들. 하이데거의 잡음어가 귀를 끓어 넘치게 합니다. 지하철을 타고 가면서 사람들이 전화기에 대고 하는 말을 들어보면 대부분 '나 어디 가고 있어'라고 말합니다. 통신상에서나 거리에서나, 어디서나 '나 어디 가고 있어'라는 말이 들립니다. 아마 마지막, 우리 모두가 가게 되는 그 어두운 상자에 도착할 때까지 우리는 '나 어디 가고 있어'라고만 말할 것만 같습니다. 그리하여 흘러넘치는 남의 말들을 듣지 않으려고 우리는 각자 자기만의 나날의 사운드 트랙과 나날의 드라마(서사)를 휴대하고 다니다가 심해에서 올라온 잠수부처럼 이어폰을 빼고 잠깐 어리둥절한 표정으로 상대를 바라볼 뿐입니다. 그렇다면 누가 듣습니까. 누가 들어줍니까. 누가 영혼 따위를 휴대하고 다닙니까? 누가 침묵 따위를 듣고 있겠습니까? 누가 아무도 보지 않는 어두운 방 하나 지펴서 간직하고 다니겠습니까? 그 어두운 방이 생성 중인 이미지의 창고를 간직하고 있겠습니까? 모두가 자신만의 '나르시스'의 연못을 휴대하고 다니는 시대, 누구나 모니터에서 자신에게 '거울아, 거울아, 나 지금 살아 있니? 나 지금 예쁘니? 나 지금 혼자 아니지?' 묻는 시대입니다.

귀는 어두운 방입니다. 과거의 우물입니다. 구멍입니다. 내가 이승의 마지막에 도착하는 구덩이의 현현입니다. 귀로 말한다는 말은 내 구멍을 뒤집어 영혼으로 말하기라고 말해도 될 것 같습니다. 그러나 귓속에는 아무것도 없습니다. 그저 어두움이 차 있을 뿐. 노자의 '玄, 谷, 牝'처럼 그저 비어 있을 뿐, 그저 깊을 뿐입니다. 이 깊고 텅 빈 것에 대한 내밀한 몰입이 귀가 하는 말, 시 쓰기입니다. 귀는 어머니의 자궁 속의 산도처럼 나선 달팽이형으로 구부러져 있습니다. 시는 그 깊은 것, 안으로 무한한 것이 말을 하게 합니다. 아무것도 없는 것이 말을 하게 하는 것입니다. 그것의 말을 듣고 있으면 정서는 더 집중되고, 감정은 더 짙어지고, 이미지는 더 높은 곳으로 상승합니다. 그것이 공기 중에 파장을 일으킵니다. 그러면 몸이 반응하게 됩니다.

시인에게 귀는 몸의 축소판이자, 몸 자체입니다. 시인은 귓구멍처럼 텅 빈 자이지만, 귀처럼 열려 있는 자입니다. 귀의 말은 그것이 퍼지고 공명하는 하나의 파장, 하나의 움직임, 공기 중에 퍼뜨린 생멸의 밀도입니다. 그러기에 한의학에서는 귀에는 우리의 발바닥이나 손바닥처럼 신체 전체의 혈 자리가 모여 있다고도 합니다.

귀는 코와 입처럼 하나가 아니라 둘입니다. 입이 둘이라면 두 개의 입이 떠드는 말을 누가 알아듣겠습니까. 눈과 귀는 왼쪽과 오른쪽의 공간적, 시간적 불일치로 입체를 감각합니다. 귀는 맥박 치듯 진동으로 듣고, 진동으로 말합니다. 그리하여 귓속에는 3차원적 소리의 건축이 들어섭니다. 그 건축을 따라 귓속 허방에 발을 들여놓습니다. 오솔길을 지나 대문을 열고 들어가면 꽃밭이 나옵니다. 꽃나무가 흔들리고, 부엌문이 열리면서 엄마가 나오고, 장지문이 열리면서 아빠가 기침을 하며 내다보는 옛집이 열립니다. 그리고 그 기와지붕에 내리비치는 햇살과 바람, 저녁의 빛깔이 돋아나옵니다. 귀는 부피를 듣느라 두 개입니다. 안팎이 있고, 칸칸이 방이 있는 집, 그 따스한 건축물 속에 귀는 태아처럼 벌거벗은 채 맥박 치는 나를 안치하고 있습니다. 귓속에는 은밀한 익사체처럼 3차원의 내가 숨어 있고, 내 속에는 귀가 또 열려 있습니다. 눈은 눈꺼풀이 있어 자의적으로 열고 닫을 수 있지만 귀는 닫을 수 없습니다. 언제나 열려 있습니다.

귀는 태아처럼 생겼습니다. 태아로 태어나 태아로 죽는 기관. 오죽하면 태아 가르강튀아가 정맥 속으로 미끄러져 들어갔다가 귀에서 탄생한다고 했겠습니까. 태아는 물속에 잠긴 고래처럼 듣습니다. 나는 나의 쌍태아를 두 손으로 덮어봅니다. 내가 엄마 뱃속에 있을 때는 참 시끄러웠습니다. 살수차가 한 대 지나가자, 유람선이 부웅 기적을 울리고, 그리고 출근 전동차가 힘겹게 출발하는 소리가 들렸습니다. 엄마의 뱃속은 몇 개의 전동차가 엇갈려 지나가는 철로 같았습니다. 그중에서도 한 번도 쉬지 않는 엄마의 맥박은 소리로 만든 나의 둥우리였을 것입니다. 나는 귀처럼 몸을 웅크리고 그 소리들을 오로지 듣고 또 들었을 것입니다. 몸 전체가 하나의 귀였을 것입니다. 그리고 어느 날 엄마의 그 소리들이 심장을 하나 만들었을 것입니다. 쿵쿵 울리는 소리의 근원을 말입니다. 나의 첫 태동을 만들었을 것입니다. 팔에서 뻗어 나와 갈라져 각각 이름이 다른 손가락 열 개를 만들었을 것입니다.

시인의 귀는 엄마 뱃속의 태아처럼 그렇게 '있습니다'. 토끼 굴속의 아기 토끼처럼 그렇게 '있습니다'. 깊은 바위 속의 물고기처럼 그렇게 '있습니다'. 그리고 소리도 언어도 아닌 침묵과 같은 자신의 정체를 듣고 '있습니다'. 언어에 의미가 붙기 전, 그 박동을 실현하고 '있습니다'. 내가 소리를 듣고 있지만, 난 이미 그 속에 들어가 웅크려 있습니다.

고래의 노래는 귀로 들리지 않고, 몸을 진동시키며 들려옵니다. 고래의 노래는 귀의 노래처럼 몸으로 직접 옵니다. 뼛속으로 직접 옵니다. 폭풍처럼, 번개처럼, 죽음처럼. 그 소리를 오래 듣고 있으면 두 손이 모아집니다. 태아처럼. 눈이 감기고 몸이 웅크려집니다. 태아처럼 자폐아는 사람보다 고래와 더 잘 대화를 나눌 수 있다는 말을 어디선가 읽은 것 같습니다.

마음은 귀입니다. 귀처럼 고요합니다. 그러기에 내가 지금 말하고 있는 귀는 마음처럼 존재가 아니라 경험이며, 실체가 아니라 요체입니다. 나는 지금 '귀'라고 불리는 존재, 실체에서 '귀로 쓴다'라고 말해지는 어떤 경험을, 그 경험 속에 들어 있는 아름다움을 말하고 있습니다. 마음은 귀처럼 시계 반대 방향으로 휘어진 파이프입니다. 이 마음은 시시각각 변합니다. 우리의 곁에서 '소리'라 불리는 것이, 공기 분자를 흔드는 사건이 매 순간 일어나고 있습니다. 파동이 일어납니다. 소리의 파동은 물결처럼 흔들려 고막을 진동시킵니다. 몸속의 가장 작은 뼈들과 보이지도 않는 털들이 수초처럼 귓속 어두운 곳에서 흔들립니다. 파이프 속은 텅 비었지만 그것이 울리면서 요체인 마음이 올라오는 것입니다. 텅빈 파이프로 소릿결이 몰려들어가 귀의 수면을 진동시키자 눈, 코, 입, 귀 같은 여러 구멍을 둘러싸고 있는 내 얼굴, 그 가면에 표정이 떠돕니다. 가슴이 설레고, 두근거립니다. 내 목소리가 내 얼굴과 가슴의 리듬에 반응해 시시각각 음색을 달리합니다. 이 발화의 순간들이 있기에, 그 소리가 순간적으로 사라지기에 '귀'가 아름답다고 말할 수 있습니다.

귀, 검은 구멍은 일평생 들어온 소리를 내부에 간직하고 있습니다. 몸을 흔들던 진동을 간직하고 있습니다. 입을 다물고 부르던 노래들을 간직하고 있습니다. 그래서 결국 진동이 마음이 됩니다. 마음이 말을 하는 순간. 저 깊은 곳 어딘가에서 소리가 올라옵니다. 귀가 연주를 시작합니다. 시인이 그것을 받아 적습니다. 시는 마음의 리드미컬한 연주를, 음악을 받아 적는 행위를 일컫습니다. 시는 귀가 연주하는 음악에 실려 떠오릅니다. 한 시인이 자신의 삶을 마주하고 감각했던 마음이 종이를 두드립니다. 검은 글씨가 리드미컬한 언어 속에서 행진합니다. 의미를 짓뭉개고 전진해온 이미지가 박동합니다. 아무도 이해해주지 않아도 좋을, 박동하는 언어가 펄떡입니다. 들리는 생각이 그림을 그립니다.

귀는 눈보다 코보다 입술보다 '빚어졌다'고 말하기 좋습니다. 귀는 꼭 손으로 빚은 것 같습니다. 사람이 죽으면 그의 귀만은 아주 오래도록 이곳에 남을 것 같습니다. 그리고 자신이 사라져버린 없는 세상을 들을 것 같습니다.

귀의 부속 기관들은 매우 작습니다. 귓속에 들어 있는 뼈들은 인간을 만들고 남은 뼈들을 주워다가, 장인의 골방에서 세공했을 법한 작은 것들입니다. 그 작은 것이 크고 깊은 곳을 향합니다. 그 작은 주머니 속에 집채보다 큰 소리가 깃듭니다. 약한 것 속에 엄청난 소리들이 깃듭니다. 속삭이는 소리, 꽃이 피는 소리, 꽃이 시드는 소리, 먼 곳에서 눈꺼풀을 닫는 소리, 붉은 소리, 푸른 소리 같은 그 작은 기미가 우주의 세밀화를 우리 앞에 현현하게 됩니다.

> 2

눈을 뜨자마자 오늘은 심상치 않다고 느낀 날이 있었습니다. 일어나 걷기 시작하자 나를 둘러싼 공기가 언젠가 멸종한 거대한 짐승의 혼처럼 무게와 부피를 가졌다고 느낍니다. 그것이 몸을 짓누릅니다. 숨을 막히게 합니다. 감각 기관들을 무디게 합니다. 내 몸을 살아 있는 이불이 둘러싼 것 같습니다. 나는 '공기가 살아 있다. 거대한 짐승처럼'이라고 써봅니다. 공기가 나를 조입니다. 공기는 투명하지 않습니다. 공기는 가볍고도 끈질긴 손길을 가졌습니다. 강한 손길입니다. 그렇게 하루가 갑니다.

다음날부터는 그 공기 짐승이 귀로 들어옵니다. 일단 밖에서 들리는 소리들이 불투명해집니다. 소리를 그 짐승이 이빨에 꽉 물고 있다가 내게 뱉어줍니다. 공기 짐승의 이빨의 힘은 무척 강합니다. 뿌리쳐지지 않습니다. 누군가와의 대화가 불가능해집니다. 전화기 속에서 들려오는 사람들의 목소리를 구별하지 못하게 됩니다. 음악 속의 어떤 음역대를 에코가 물어뜯고 있습니다. 어느 음역대에 짐승의 목울대가 끼어듭니다. 우엉 우엉 하는 소리 같습니다. 웃는 소리는 아닙니다. 우는 소리일까 생각해봅니다. 그러다 갑자기 짐승의 소리와 전적으로 교감하게 됩니다. 짐승의 언어엔 부재의 세상으로 가는 기차가 마지막으로 정차할까 말까 망설이다 속력을 낼 때, 간이역이 내는 울음소리 같은 절박과 고독이 섞여 있다고 깨닫습니다.

내 발걸음에 점점 균형이 틀어집니다. 고개를 숙이면 천 길 낭떠러지로 떨어집니다. 머리를 흔들면 머리칼이 지구 밖까지 휘날립니다. 나는 흩어집니다. '나'라는 실체가 사라집니다. 불투명한 공기 짐승에게 먹혀버렸습니다. 나는 공기로 끓여진 죽처럼 되었습니다. 이것을 나라고 부를 수 있나. 누군가 그 죽사발을 들어 휘리릭 마셔버려도 될 것 같은 기분이 듭니다. 홉 홉 홉 심호흡을 해봅니다. 나는 이제 '나'라는 존재의 기미마저 사라진 그 죽 속에서 무언가 '나' 같은 작디작은 기미를 찾으려고 허우적거립니다.

나의 뇌의 회랑에서 그림들이 쏟아집니다. 무수한 그림들. 그림들이 뇌의 회랑에 떨어져 찢어지고 밟힙니다. 기억 속의 인물들이 찌그러진 얼굴로 바람에 쓸려 내려갑니다. 누구도 좋아하지 않습니다. 아무것도 중요하지 않습니다. 모두 먹혀버렸습니다, 그 불투명한 짐승에게 말입니다. 그것의 아가리가 중요함, 중요하지 않음, 사랑함, 사랑하지 않음, 해야 함, 해야 하지 않음의 경계를 다 먹어버렸습니다.

아침에 눈을 뜨자마자부터 잠들기까지 나는 소리의 고문에 시달립니다. 세상은 빛처럼 공기처럼 소리로 가득 차 있습니다. 더구나 도시의 삶 속엔 기계음이 가득 차 있습니다. 모두 불쾌하고, 불편합니다. 그중에서 나라는 기계가 이제 망가져가고 있습니다. 눈뜨자마자 냉장고가 부르르 떱니다. 불을 켜면 형광등이 부르르 떱니다. 변기가 덜컥 내려

갑니다. 자동차가 아스팔트와 마찰음을 일으킵니다. 지하철은 소리의 덩어리입니다. 그중에서도 끝없이 이어지는 아나운스먼트는 나를 질식시킵니다. 사람들은 모두 전화기를 꺼내들고 아우성을 치고 있습니다. 내게는 모두 비명 소리로 들립니다. 냉면 식당은 끓는 가마솥 같습니다. 그 속에서 아우성치며 먹어대는 사람들의 입이 끓고 있습니다. 여기요! 사리 하나 더요! 끓고 있습니다. 필요한 소리만 골라 듣던 예전의 내 귀는 편집 기능을 가진 기관이었다는 것을 새삼스레 깨닫습니다. 이제 나는 귀의 편집 기능을 잃었습니다. 소리들이 살을 벗고 벌건 눈을 번뜩이며 내게로 벌거벗은 채 육박해 들어옵니다. 나는 저절로 웁니다.

모처럼 비가 내립니다. 빗속에서 나를 물고 있는 에코 짐승이 물러난 것처럼 느껴집니다. 나는 전심전력 빗소리에 집중하며 고궁까지 걸어갑니다. 점점 빗소리가 좋아집니다. 빗소리는 소리의 껍질을 벗고 내게로 달려듭니다. 나는 그 빗소리 속에 목욕합니다. 심지어 내 감각기관의 경계가 벗겨지는 걸 느낍니다. 어느새 비가 굽니다. 천지에 '귀' 웁니다. 어느 순간, 비와 나는 몸을 혹 섞습니다. 나는 비처럼 흩뿌리는 물이 되었습니다. 나는 비를 추수한 농부가 거둬들인 빗줄기 한 단처럼 몸을 가누었다가 풀어지고, 다시 가누었습니다. 정미소에서 빻아진 쌀알처럼 물쌀이 흩뿌려집니다. 내가 비인지, 비가 나인지 우리는 소리 속에 가만히 스며들어 서 있었습니다. 우리 속에 투명한 물이 찰랑거렸습니다.

병원에 갑니다. 이제 나에겐 감각과 생각의 구분도 없습니다. 투명한 짐승에게 붙들려 웅웅거리는 소리에 전신을 빼앗긴 귀 하나가 나입니다. 이 소리가 어느 소리와 비슷하다고 자꾸만 이름을 붙이려드는 것도 그만두었습니다. 나는 차라리 청각을 잃으면 좋겠다고 생각합니다. 신의 책에도 적혀 있지 않을 게 분명한, 투명하게 고요한 침묵을 그리워합니다. 그러다가 나는 귀의 말을 받아 적습니다. 그 시끄러운 침묵을.

> 3

이틀에 한 번 청력 검사를 합니다. 그러나 검사실의 좁은 방에서 멀리서 깜빡이는 불빛보다 약한 소리에 반응하기에 나는 이미 다른 소리에 휩싸여 있습니다. 깡통을 뒤집어쓴 것 같습니다. 우엉 우엉 겨울 찬바람에 아스팔트를 굴러가는 양철 대야의 비명 소리가 내 목소리를 먹어버립니다. 나는 내가 하는 말을 들을 수 없습니다. 내 말을 듣지 못하면서 말을 한다는 것. 죽은 사람이 말하는 것 같습니다. 나를 둘러싼 공기 짐승의 힘이 점점 세어집니다. 소리를 듣지 못한다는 것은 침묵 속으로 들어가는 것이 아닙니다. 더 많은 소리 속으로 들어가는 것입니다. 지구 바깥에서 천천히 운행 중인 우주 행성들이 내지르는 굉음의 한복판에 있게 되는 것입니다. 그리하여 못 듣는 것입니다. 세상에 침묵이 어디 있나요? 침묵을 들으려면 밀봉한 상자에 마이크를 넣고 녹음해야 합니다. 간호사가 귀에 물을 붓고 검사를 시작하자 나는 익사체가 된 듯, 가라앉기 시작합니다. 그러다 갑자기 떠오릅니다. 물 위에 누워 깜

깜깜함과 대면합니다. 나는 물속에 은밀하게 숨겨놓은 익사체처럼 세상을 듣습니다. 세상의 공기에는 무언가 있습니다. 거대한 이불처럼 큰 짐승들이 있습니다. 손톱보다 작은 짐승들이 있습니다. 공기 속에는 그 짐승들이 우글거립니다. 나를 부재의 나라로 싣고 가려고 그러나보다고 생각합니다. 공기의 매질媒質은 내 귀의 부력에 의해 결정됩니다. 나는 침묵으로부터도 밖의 소음으로부터도 버림받았습니다. 공기로 지은 나의 집은 시끄러운 솜이 주 건축 재료입니다. 피아노가 솜 대문을 쾅 쾅 두드립니다. 현악기들이 내가 덮은 이불을 썰어댑니다. 혹은 옷핀보다 작은 사람들이 전기 신호를 보냅니다. 아주 작은 사람들이 '어디 있어요? 어디 있어요?' 나를 찾고 있습니다. 그러나 나는 그들을 들여보낼 수 없습니다. 하루종일 작은 사람들과 큰 주먹들이 나에게 말할 것이 있다고 내 구멍을 들쑤십니다. 나는 밖의 소리로부터 버림받고 안의 소리를 얻습니다.

귀가 닫히자 식물처럼 세포 전체로 듣습니다. 내 줄기와 내 이파리와 내 꽃을 다해 듣습니다. 온몸인 귀가 온몸으로 이미지를 받아 적습니다. 귀 바깥의 소리들의 폭력이 사라진 시간, 나는 이미지를 핥으며 음악의 파동이 지나가는 것을 느낍니다. 강물처럼 지나가지만 한결같이 머무는 그 파동. 그 파동을 내 두 손으로 가만히 쓸어봅니다. 나는 그 파동을 위로해주려고 합니다. 떠나갈까봐 불안해하면서도, 어서 가라고 말하고 싶어집니다. 같이 놀아 하고 조용히 애걸하기도 하고, 어서 가 하고 등을 떠밀기도 합니다. 나는 귓속 달팽이관이 스스로 리듬을 생산하기 시작했다고 느끼기까지 합니다. 드디어 말로써 말을 지운, 말 없는 시를 가동하기 시작했다고 느낍니다. 이것을 귀의 기억이라고 부를 수 있을 것 같습니다. 리듬이라는 불꽃에 지펴진 채 그저 타오르고 있는 몸이라고 불러도 될 것 같습니다. 마음이 가동하고, 춤의 반복이 시작됩니다. 음악이 가진 서술의 힘과 춤이 가진 억제의 힘이 리듬을 타고 발설됩니다. 침묵 속에서의 밀고 당김이 팽팽하게 진행됩니다. 이미지가 연주하는 침묵의 음악을 듣습니다. 안에서 열리는 시의 건축이 자라납니다. 안에서 알함브라처럼 깊은 건축물이 열립니다. 나는 기하학적으로 한없이 깊어지는 그 공간에서 떨어지는 분수의 물소리를 듣습니다. 그러나 끊임없이 멀어져가는 물결처럼 사라져버리는 건축, 물의 건축.

귀가 편집 기능을 잃은 경험 중에 나는 어떤 아름다운 순간을 역설적으로 경험합니다. 나는 유한한 존재자, 병에 걸리는 존재자 인간입니다. 나는 신이 아니기에 순간적으로나마 아름다움을 느낄 수 있습니다. 신은 동정녀에게서 아기를 데려오듯이, 고통 없이, 병 없이, 애무 없이, 과거 없이, 감성 없이 세상을 데려왔습니다. 밤에서 낮을 데려왔습니다. 그러나 지금 나는 감각 기관의 이상으로 신이 데려온 것들에 생긴 균열을 봅니다. 낮의 찬란하고 환한 휘장에 금이 생기고 그 사이로 시끄러운 밤이 들어오려고 앙탈을 부립니다. 신이 갈라놓은 낮과 밤이 몸을 밀치며 요동칩니다. 낮의 꺼풀을 주욱 당기면 거기 불행과 참혹으로 들끓는 밤의 세상의 시끄러운 모습이 희끗 드러납니다. 신은 말(로고스)로서 낮의 세상을 지펴버렸지만 나는 귀로 쓰는 행위, 귀로 말하는 행위라는 이행(고통, 병, 애무, 과거)을 통해 이 세상 뒤에 어두운 밤이 있었다고, 나는 그것이 들린다고 씁니다. 나는 나에게 찾아온 이상 증상으로 말미암아 비로소 귀로 말해지는 세계, 역설적으로 아름다운 어떤 세계가 이 밤에서 낮이 분절되어 나오기 전의 세상에 있었다고, 창세 이전의 어두운 혼돈이 있었다고, 구분 없이, 차별 없이 혼재하는 세계가 있었다고 어두운 귓구멍으로 씁니다.

신은 세상을 창조했지만, 나는 감각을 창조했습니다. 조정했습니다. 내 감각이 닫히면 신의 세상이 닫힙니다. 내 감각이 일그러지면 세상이 일그러집니다. 세상이 재편됩니다. 남아 있는 감각들이 벼려지고 벼려져 신의 비밀을 엿보는 경지로 나아가려고 합니다. 세상 뒤의 세상이, 신이 감춘 비밀이 얼핏 보일 것만 같습니다.

귀는 견디고 침묵하고 있습니다. 귀 안으로 깊은 계곡이 펼쳐져 있습니다. 거기 그 머나먼 내부의 여러 갈래 길들 속에 메아리의 집이 있습니다. 거기로 스며들어간 소리들이 혈거인들처럼 입을 다물고 기다리고 있습니다. 귓바퀴를 울리며 쏟아져 나갈 날을, 메아리가 돌아 나갈 날을 기다리고 있습니다.

귀로 글쓰기는 '당신의 없음' 속에서 시작됩니다. 귀는 항상 사후에 '씁니다'. 내가 지금 목련을 쓰고 있다고 합니다. 목련은 지금 여기 없습니다. 그러나 어떤 그리움이 목련을 쓰게 합니다. 나는 목련을 노래하려는 것이 아닙니다. 목련을 다시 불러내려는 내 귀의 애타는 목마름, 그 깊은 구멍의 덧없음을 노래하는 것입니다. 그러할 때 귀는 목련과 나 사이, 그 사이, 목련의 신기루, 그 나라를 운행합니다.

내 목소리가 죽고, 내면의 소리마저 죽고, 잡음마저 사라져 침묵이 도래하는 것이 아닙니다. 침묵해야 했기에 침묵이 도래하는 것입니다. 입을 열면 지금, 여기, 나에 있고, 침묵하면 지금, 여기, 나를 떠나 멀리 가기에, 그렇게 깊어져가기에 침묵해야만 했던 것입니다.

나 떠난 세상에 귀 하나가 떨어져 내가 살던 세상을, 그 소리를 듣습니다. 그러나 귀는 축적이 아니라 삭제의 기관입니다. 귀는 침묵의 입술, 그 귀가 입을 열어 말하면 세상은 침묵의 파동으로 가득 찹니다. 그러므로 귀로 말한다는 것은 언어의 뒷면, 관념의 뒤편, 목소리와 잡음이 사라져버린 그 뒷면으로 말한다와 유사한 말일 것입니다. 마치 외계인과 만났을 때처럼, 입 없이 통해야 하는 것처럼 말입니다.

귀는 수동적이지 않습니다. 귀를 가지고 무엇을 할 수는 없시만, 귀를 가지고 세상에 쓸모 있는 일을 할 순 없지만 귀는 여기 있습니다. 여기 우주로 열린 커다란 귀가 하나 있습니다. 그 귓속에서 들려오는 언어 뒤편의 세상이 하나 있습니다. 그 언어 뒤편의 세상은 내 귀의 어두운 구멍과 맞닿아 있습니다. 그 둘은 서로 접속하고 있습니다. 그리하여 나는 내 귀로 소음을 내고 있는 삼라만상의 그 무상함을 말해봅니다. 세상의 모든 것들이 헤치고 나온 그 태초, 용암이 흘러 다니던 그 태초의 별의 세상을 말해봅니다. 그 광활을 말해봅니다. 세상 이전의 고독한 침묵을 맞이해봅니다. 이름 거창한 것들에게서 이름을 빼앗아봅니다. 내 이명과 난청으로 망가진 귀를 솜처럼 둘러싼 이 침묵, 망가진 귀가 찾은 사물들의 침묵과 저 먼 곳의 굉음, 그 선율들의 시작을, 그 선율이 지은 무언의 음악적 건축을 순간적으로 현현해봅니다. 거대한 침묵으로부터 지금, 여기가 불현듯 현현해옵니다. 그럴 때 내 귀는 혼돈 이후의 세상의 모든 소리들을 다 들어온 침묵처럼 그저 텅 비어 온전하게 있을 뿐입니다.

나는 티티카카 호수나 티베트의 암드록초 호수 같은 고지의 호수에 갔을 때를 떠올려봅니다. 내가 그곳에 갔을 때 하늘에 닿은 높은 호수는 마치 누군가의 귓속 같았습니다. 그 높은 고도 속에서 내 귀는 점점 난청이 되어갔지만 호수의 표면은 내가 들을 수 없는 음역대를 통과하는 아주 아주 거대한 사람의 고막같이 파르르 떨고 있었습니다. 어느 순간 하늘과 맞닿은 짙푸른 호수의 귓바퀴가 열리고 내 몸이 마치 그 둥글고 파랗게 주름진 귓속에 드는 것 같았습니다. 그 거대한 귀가 희박한 공기로 말하고 있었습니다. 그 속에서 나는 짙푸른 하늘을 들었습니다. 내가 없고 당신도 없는 그 세상의 말을 들었습니다. 미래도 없고, 의지도 없고, 욕구도 없고, 구분도 없는 말을 들었습니다. 귀가 아니라 귀 없음으로 들었습니다. 그러자 나는 내 귀가 내 고막이 그 호수의 표면만큼 확장된 채 가볍고 넓게 물결치고 있음을 느꼈습니다. 밝아오는 아침의 여명, 저물어가는 저녁의 보랏빛 시간, 닥쳐오는 가을의 황금벌판과 그 속에서 피어오르는 겨울에의 예감, 잎을 다 떨군 나무의 흐린 눈빛, 자꾸만 낡아가는 가족의 옷 소맷부리, 이 지상의 모든 피조물이 귀로 말하고 있었습니다. 희박하게 사라져가는 리듬에 몸을 가득 담고서 말입니다. 내 귀가 그것을 받아 적었습니다.

1947년 경상남도 진주에서 태어나 이화여자대학교 무용과를 졸업했다. 동아대학교에서 석사학위(1982)를, 한양대학교에서 박사학위(1994)를 받았다. 부산대학교 예술대학 무용과 교수 (1983-1997)를 거쳐 한국예술종합학교 무용원 교수를 지냈으며 2009년 무용원 원장에 취임했다. 부산시립무용단 단장 (1976), 럭키창작무용단 단장(1985)을 지내고, 1988년에 '김현 자춤아카데미'를 창립했다. 2003년부터 2005년까지 국립무용 단 예술감독과 단장을 지내기도 했다.

저서로 『생춤의 세계』가 있고 주요 논문으로 「한국 춤에 있어 서의 氣舞에 관한 연구 I, II」가 있다. 대한민국 문화예술상 신 인상(1969), 대한민국무용제 연기상(1982), 대한민국무용제 대 상(1984), 제10회 아시안게임 개막식 안무로 체육부장관상 (1986), 무용예술상-무용연기상(1997), 춤 비평가상(2002), 한 국무용협회 무용대상(2006) 등을 수상했다.

(김현자 :)

무용가, 한국예술종합학교 무용원 원장

진주 태생으로 다섯 살 때부터 황무봉 선생께 춤을 배우기 시작한 김현자 교수는 이화여자대학 재학 시절인 1967년 한영숙 선생의 안무로 신인상을 받으며 데뷔했다. 이후 〈갯마을〉(1977), 〈하늘에 피는 꽃〉(1978), 〈여자 새 되어 울다〉(1980), 〈보리피리〉(1982), 〈해〉(1983), 〈황금가지〉(1986), 〈바람개비〉(1987) 등의 작품을 선보였고 1989년부터 실험적인 한국 창작무용인 '김현자의 〈생춤〉'을 세상에 선보이며 한국 무용의 현대적 발전에 크게 이바지했다. 그 10여 년간, 〈생춤-늘 함이 없음을 깨닫고〉(1989), 〈생춤-다시 없음이 되어〉(1989), 〈回日〉(1990), 〈백남준의 퍼포먼스와 김현자의 춤〉(1992), 〈샘〉(1995), 〈생춤-默〉(1995), 〈메꽃〉(1996) 등을 무대에 올렸다.

『뉴욕타임스』는 1992년 〈생춤〉의 뉴욕 공연을 소개하며 "빛과 어둠, 밝음의 존재를 수묵화로 그려낸 춤"이라 평하기도 했다. 이후 〈모란관찰〉(1998)〉, 〈十五夜〉(1999), 〈바다〉(2000), 〈그 물속의 불을 보다〉(2002), 〈비어 있는 들〉(2003), 〈梅窓-매화, 창에 어리다〉(2005), 〈불의 샘〉(2007), 〈매화를 바라보다〉(2009), 〈蓮花淵〉(2010) 등의 공연과 안무로 쉼 없는 창작 활동을 선보이고 있다. 역을 맡아 출연한 대표작으로는 〈황진이〉, 〈춘향〉, 〈열녀문〉, 〈명성황후〉, 〈오셀로〉 등이 있다.

늘
함이 없음을
깨닫고

김현자 | 무용가, 한국예술종합학교 무용원 원장

> 나는 삶의 많은 시간 동안 '너무나 당연한', '스스로 그러한', 마치 '자연'과 같은 춤을 표현하고자 노력했다. 자연의 이치는 너무나 자명하며, 우리가 깨인 상태로 자연을 바라보지 않으면 그 이치를 이해하기 어렵다. 나는 자연의 섭리를 몸의 움직임으로 드러내 보이고자 했다. 이러한 나의 노력은 〈생춤〉이란 이름으로 불리게 되었고 나는 이 이름이 마음에 든다.

어린 나이에 그냥 어머니 손에 이끌려 이유도 모르고 춤을 추기 시작해 지금까지 60년을 춤을 춰왔다. 어릴 때는 그냥 스승의 가르침대로 이끌려왔고 철이 들어서는 나름의 무언가를 찾고자 하는 욕구가 강해지긴 했지만, 그것을 어떻게 찾아야 하는지, 특별한 나만의 예술세계를 구축한다는 것이 무엇인지 막연하기만 했다. 그러다 시간이 지나, 조금 남과 다르게, 지금까지 해오던 관습적인 춤이 아닌 '그 무엇'을

고민하기 시작했고, 결국 오랜 시간 몸부림친 끝에 찾아낸 '그 무엇'이 〈생춤〉이었다. 일부러 이름을 그렇게 지으려 한 것도 아니었다. 오래 고민하다 보니까 무슨 계시라도 내리듯이 언뜻 온 세상이 새빨간 세포 덩어리로 보이면서 그냥 불현듯 생각난 말이 〈생춤〉이었다. 이런 것을 뭐라 표현하는지는 전례가 있던 것도 아니었다. 그래서 그냥 〈생춤〉이라 했다.

인간이 하는 것이 인위적이 아닌 것이 없겠지만, 인위적이고 장식적인 기존의 춤에서 벗어나고 싶었다. 진하게 화장하고 예쁜 옷을 입고 화려한 무대를 배경으로 추던 춤과 다른 것은 없을까. 조금 더 '자연'과 가까워질 수는 없을까. 인위적인 것을 어떻게 하면 최소화할 수 있을까. 어릴 때부터 수십 년 배워왔던 움직임을 모두 다 배제하고 어떻게 나 나름의 새로운 움직임들을 만들어낼 수 있을까.
이런 고민으로 뭔가를 찾아가던 중 만난 것이, 바로 자연이고 서양 전통에선 찾을 수 없는 동양의 '기氣'였다.

우리 춤의 지난 세월을 잠시 돌아보면, 예부터 수백 년 흘러왔던 전통무용에는 궁중정재와 민속무용, 종교의식무 등이 있다. 그러다 구한말부터 서양 춤이 들어와 그 영향을 받기 시작한다. 발레가 대표적인 예이다. 그러고는 1920년대를 지나며 발레에 반기를 들고 현대무용을 창시한 이사도라 덩컨의 영향으로 세계 무용계가 새로운 시기에 접어들었고 우리 무용계에도 최승희란 걸출한 선각자가 등장했다. 최승희는 전통무용의 틀을 깨고 신무용을 창시했고 그 후로 계승되어오면서 우리 세대는 또 신무용을 극복해야 한다는 새로운 숙제를 떠안게 된다.

이렇게 신무용의 패러다임에서 벗어나 새롭게 구축된 춤의 장르가 요즘 우리가 부르는 한국 창작무용이다.

나는 어릴 적 전통무용과 신무용을 공부했고, 이화여대를 다니면서 현대무용과 발레를 배웠다. 그렇게 전통무용, 신무용, 발레, 현대무용까지 익히면서 각 춤이 지닌 생동감이, 그 움직임이 몸 안으로부터 자꾸만 어떤 새로운 것을 향해 나아가게 하는 것 같았다.

게다가 당시에 남산에 국립극장이 생기면서 춤이 대형화되기 시작했다. 10명, 20명, 30명, 심지어 나중엔 80명까지 출연했다. 이런 것을 보면서 춤과 매스게임은 뭐가 다른가 하는 강한 의구심이 들기 시작했다. 그때가 대학 다닐 때였다. 아, 저것 말고 좀, 뭔진 모르겠지만 달라져야 하는데 어떻게 해야 할까. 그런 시간이 무척 길게 느껴졌다. 더구나 채답을 얻기도 전에, 부산의 시립무용단 단장이 되면서 또 정신없는 세월을 보내게 되었다. 그러면서도 당시 춤에 만연해 있는 장식성이나 매스게임과 같은 무의미한 움직임을 보면서 나는 계속 어떤 것을 찾아내야 한다는 열병 같은 것을 앓아야 했다.

결국, 30대 중반쯤에 직접 몸으로 기氣를 체험하면서, 춤을 추려고 하지 않아도 저도 모르게 몸속에서 엄청난 에너지가 솟구치면서 저절로 움직여지는, 전혀 새로운 경험을 하게 되었다. 그 이유도 알 수가 없었다. 20년 이상 춤을 춰왔는데 그럼 지금까지 했던 춤은 다 거짓이고 가식이었던가, 진실로 내 몸에 지금 일어나는 엄청난 에너지의 움직임들을 내가 어떻게 받아들이고 해석해야 하나. 이런 고민에 깊이 싸여 있다가, 결심한 것이, 지금까지 배워오고 해온 것은 일단 버려보자는 것이었다. 엄청난 각오가 서지 않으면 결심할 수 없는 충격 요법이었다.

지금까지 배운 대로 습관적으로 움직이는 춤이었다면 다 버릴 각오로 춤을 전혀 추지 않고 하루 몇 시간씩 단전호흡만 했다. 그렇게 앉아서 몸에 차오르는 기를 느끼고, 조금 섣부르지만 기를 운행해보기도 했다. 그러다가 잘못해서 코피도 여러 번 터졌다.

이런 과정을 거치면서 '살아 있음'이 무엇인지, 생하고 생하고 생하는 것이 무엇인지, 아무리 아름다운 것이라도 죽은 것은 생기가 없으며 그것은 이미 아름다움이 아니라는 어떤 생각에 이르렀다.

그러면서 모든 것이 생生이라면 사死는 어떻게 해결할래? 이런 물음도 생겼다. 하루에 낮과 밤이 있는 것처럼, 사람의 얼굴 뒤에는 뒤통수가 있는 것처럼, 생이라는 것은 사를 전제로 하지 않고서는 성립되지 않으니, 생하고 생하는 것은 곧 사하고 사하는 것이다. 그렇기에 생은 사를 전제로 하고 사는 생을 전제로 한다. 즉, "생과 사는 생동하는 것, 고착되어 움직임 없는 상태가 아닌, 끊임없이 변화하는 것"이란 결론에 이르렀다. 인간을 포함한 세상 만물은 '자연' 안에서 삶과 죽음을 되풀이하는 순환과정에 놓여 있다. 생과 사의 쳇바퀴가 굴러가는 것은 자연의 이치이며, 아무도 거스를 수 없는 우주의 질서이다.

이런 생각으로 어설프지만, 몇 년간 호흡만 했다. 제자들과 함께 호흡에 일가견이 있는 스승을 찾아 전국을 쫓아다녔다. 산 좋고 물 좋은 데를 찾아 움막 같은 것을 마련해 몇 달씩을 제자들과 함께 호흡만 수련했다. 춤의 기교는 완전히 잊기로 했다. 제자들조차도 이미 10년 이상 기존의 방식대로 훈련받은 사람들이기에, 그 시점에서 춤의 기교는 별 의미가 없었다.

호흡 수련을 하면 몸에 여러 가지 명현 현상들이 일어나면서 어지럽고 구토가 일기도 한다. 별의별 현상이 초기에 일어난다. 그런 과정을 겪고 나니 비로소 작품이 떠오르기 시작했다.

그렇게 첫 무대에 올렸던 〈생춤〉의 주제가 '늘 함이 없음을 깨닫고'와 '다시 없음이 되어'였다. 앞의 것은 '6인무'였고 뒤의 것은 내가 솔로로 공연했다.

김현자, 〈생춤－늘 함이 없음을 깨닫고〉

이 사진은 1989년 〈생춤〉의 첫 공연 모습으로, 무대에 얼음을 갖다 놓고 그 위에 올라가 앉은 모습이다. 또 무대의 천장에도 얼음을 매달아 시간이 흐르면서 자연스럽게 녹아내리도록 했다.

이렇게 나는 변화를 대변하는 가장 좋은 도구로 얼음을 선택했다. 물이 뜨거움을 만나면 수증기가 될 것이고, 찬 기운을 만나면 얼음이 된다. 얼음이 더운 기운을 만나면 녹아서 물이 되고, 수증기가 찬 기운을 만나면 물방울로 맺혀 다시 땅으로 떨어진다.

이처럼, 물은 하나의 삶에서 다른 삶으로 이행하며 삶과 죽음을 반복한다. 삶은 죽음을 향해, 죽음은 다시 새로운 삶을 향해 움직인다. 나는 그것이 생하고 생하는 것, 즉 변화의 본질이라 생각했다.

어릴 때 태종대 절벽에 서 있으면 파도가 바위에 세차게 부딪치며 물보라를 일으켰다. 공중으로 흩어지는 물방울을 보며, 찰나이기는 하지만 자유, 기쁨, 환희를 느꼈던 기억이 난다. 바닷물이 만들어내는 그 역동적인 움직임을 무대로 가져올 수 있었으면 했다. 그런 생각으로 물의 가장 정적인 상태인 '얼음'을 선택해 무대에 올린 것이다.

보통 무용은 안무자가 무엇을 할 것인지 정하고, 춤의 시작과 진행 끝을 춤의 언어로 엮어 작품으로 구성한다. 그러나 나는 이 〈생춤〉에서 안무라는 것을 최소화하려 노력하며 작위를 덜어내고 싶었다.

호흡 훈련을 한 상태로 무대에 나가, 나는 중앙의 얼음 위에 앉고 무용수 네 사람은 사방의 한 곳씩 자리를 잡은 상태에서, 아무런 약속도 없이 30분을 그렇게 끌고나갔다.

김현자, 〈생춤―늘 함이 없음을 깨닫고〉

김현자, 〈생춤−늘 함이 없음을 깨닫고〉

중앙과 사방은 전통 개념으로 오방五方이다. 나는 그렇게 무대를 하나의 '자연'으로 삼고 싶었다. 그러면서 우리 몸에서 스스로 기가 발현되고, 그 기가 점점 에너지로 나타나면 그 에너지가 다 발현할 때까지 즉흥적으로 움직이면서 그렇게 하나의 춤이 완성되었다. 그러는 사이 무대 중앙의 얼음과 천장에 매달린 얼음 기둥이 녹으면서 바닥에 물이 고여갔다. 그 물은 이제 무용수와 새로운 만남을 이뤄내면서, 또 서로 녹아들면서 그러한 '살아 있음'을 보여주게 된 것이다.

이 공연의 2부, '다시 없음이 되어'는 바람을 사용했다. 한지로 나뭇잎을 만들어놓고 풍경을 달아놓았다. 음악도 없었다. 물론 극장 안에 바람을 들여놓기가 쉽지 않아 선풍기를 이용했다. 그렇게 풍경이 내는 소리가 음악이었다. 부대는 텅 비고, 풍경 두 개와 푸른 풀 몇 포기 있는 게 다였다. 그 위에서 나는 마치 명상 속에서 거닐듯, 모든 것을 버리는 듯, 그렇게 '말 없음의 몸짓'을 춤으로 표현했다.

김현자, 〈생춤 −다시 없음이 되어〉

〈생춤〉의 초연은 하나의 실험이었다. 입장권도 팔지 않았다. 그냥 관심 있는 분은 보시고 나가실 때 간략하게 소감을 한마디씩 적어주면 그걸로 대신하겠다고 했다. 사실 공연 끝나고 객석이 껌껌한데 누가 그걸 써주실까, 기대조차 하지 않았다. 그런데 놀랍게도 생각보다 많은 분이 소감문을 써주셨고 나가시면서 동전까지 통에다 잔뜩 넣어놨다. 난 깜짝 놀랐다. '아, 내가 아직 어설프지만, 격려해주시는구나!' 나는 그분들이 써주신 것을 지금까지 소중한 보물처럼 보관하고 있다.

그런데 문제는 난리가 난 무용계였다. "너, 그 잘하는 춤 다 어쩌고 미쳤느냐?" "지금 뭐 하는 거냐, 춤의 언어는 다 어디로 갔느냐?" "뒹굴고 덜덜 떨고 물에 젖어서 망측하게 그게 무슨 짓이냐." 무용계가 시끄러워진 것이다. 수십 년 쌓아왔던 이름값이 와르르 무너지는 기분이었지만, 한편으로는 완전히 새롭게 다시 태어난 듯한 환한 느낌이었다.

아름다움도 마찬가지란 생각이다. 변하지 않는 아름다움이란 없다. 변화하는 것만이 진실로 아름답고, 변화해야 생기를 얻을 수 있다.

어릴 때는 그렇게 좋던 친구도 마음이 쉽게 변하고, 그처럼 아름다운 꽃은 또 왜 그렇게 빨리 시들어야 하느냐며 안타까워한다. 우리 고향집 마당에 모란이 몇 포기 있었는데, 어린 시절에 모란꽃이 그렇게 예쁠 수가 없었다. 그런데 화사하게 꽃이 필 때면 꼭 비가 오고, 바람이 불었다. 꽃잎은 너무나 허무하게 뚝뚝 떨어지고, 참 마음이 아팠다. 어느 날은 아침에 학교에 가려고 나서는데 꽃이 너무나 예쁘게 피어 있었다. 그런데 그날따라 비가 툭툭 떨어지기 시작했다. 그래서 어린 마음에 우산을 펴 모란에다 씌워 놓고 학교에 갔다. 온종일 마음이 조마조마했다. 꽃잎이 떨어지지 말아야 할 텐데, 며칠이라도 꽃향기를 맡고 싶고 그 모습을 더 보고 싶어 학교가 끝나자마자 집으로 달려갔다.

그랬더니 그 꽃이 그대로 있는 것이었다. 너무나 좋았다. 그런데 나중에 이야기 들으니까 어머니가 온종일 모란 옆에서 우산을 쓰고 앉아 계셨단다. 내가 너무 안타까워하니까 바람에 날아가는 우산을 쓰고 꽃 옆에 앉아 계셨던 것이다. 꽃이 지지 않아 너무 행복해하는 내 모습을 보시며 어머니는 그냥 빙그레 웃으시고 말았지만, 며칠 뒤에 꽃은 져버렸다.

그게 그렇게도 안타까웠지만, 모란이 지지 않고 365일 있었다면, 내가 그렇게 그 꽃을 사랑하고 예뻐했을까. 변하지 않으면 꽃조차도 생기를 다시 얻을 수 없다. 꽃은 떨어져서 다시 뿌리로 가고 해가 바뀌면 그 꽃은 또 피어난다. 춤 역시 아무리 잘한다 해도 계속 보면 그게 지루할 수밖에 없다. 그래서 예술가들은 끝없이 새로운 창작의 고통을 인내해야 한다.

오른쪽 사진은 백남준 선생하고 퍼포먼스를 함께한 작품이다. 백남준 선생이 비디오카메라와 피아노로 퍼포먼스를 펼치고 나는 대나무 평상에 앉아 '하루'라는 춤을 춘 장면이다. 여기서도 평상 위에 얼음을 매달아 그 얼음이 녹아가면서 물방울이 내가 입은 명주 옷에 떨어지도록 했다.
얇은 명주 옷 위로 물방울이 탁 떨어져 닿는 그 순간, 내 몸이 느끼는 그 작은 울림을 나는 춤으로 표현하고자 했다. 명주 옷이 파르르 떠는 느낌, 아마 거리가 멀어 관객에게까지 전달되지 않았을지는 모르지만, 나는 최초로 그 물방울이 몸에 닿는 순간에 느끼는 발화의 순간, 개화의 순간을 표현하고 싶었다.

늘 한이 없음을 깨닫고 | **김현자**

보통 무용에선 동선을 많이 만든다. 무대도 그에 맞춰 커야 한다. 그러나 나는 그 무대를 작은 공간으로 축소했고, 평상 위에서 앉았다가 일어서는 게 전부였다. 춤은 전혀 순서를 정하지 않았고, 느낌대로 기의 흐름대로 마음의 흐름대로 그냥 그렇게 움직였다. 공연 마지막에는 두 사람이 함께 사전에 약속하지 않은 즉흥적인 퍼포먼스를 펼치면서 막을 내렸다.

살아 있는 것은 변화한다. 그렇기에 〈생춤〉을 해가면서 또 한 번 변화의 시기를 맞이해야 했다. 구도의 길이냐 춤이냐는 갈림길에 서게 된 것이다. 그 갈림길에서 나는 '리理'와 만났다.

기의 흐름에 따라 내가 움직여간다면 '리理'라는 것은 어찌해야 하나 하는 의문이 생기고 그래서 다시 음양오행의 기초부터 공부하고 『주역』 같은 책들도 조금씩 읽어내며 새로운 춤의 변화를 모색하기에 이른다. 그 첫 작품이 〈모란관찰〉과 〈바다〉 같은 작품이다. 〈모란관찰〉은 살아가야 하는 한 생명의 한살이를, 〈바다〉는 새벽부터 밤까지의 하루를 시적 정서로 풀어내며 이미지화한 작품이다.

이런 작품들은 앞서 이야기한 '인위'라든가 '작위'의 범주로 울타리를 칠 수 있지만, 〈생춤〉 이전에 내가 지녔던 인위하고는 분명히 다르다고 할 수 있다. 최초의 움직임, 그곳에서 어떻게 서로 다른 움직임이 발현되고 나아가 그 에너지와 공간이 겹쳐지며 우리 앞에 나타나는지, 이런 과정을 어렴풋이 알아가는 과정이랄까.

우리가 일상에서 너무 슬퍼 몸부림칠 때, 그것이 곧 춤이다. 기쁨에 겨워 뛰며 서로 껴안을 때, 그것이 춤이다. 삶과 춤은 결코 둘이 아니다. 아름다움이라는 것도 그냥 아름다워서만 되는 것은 아니라 진정성과 참됨과 진실함이 깃들어야 하며, 그것이 다른 사람의 행복으로 다가갈 때, 그것이 진정한 아름다움이다. 이런 마음자리가 없으면 그건 춤이라 할 수 없다.

살로메가 세례 요한의 목을 원하면서 헤롯왕 앞에서 추었던 유혹의 춤. 분명히 무척이나 매혹적이었겠지만, 그 춤은 가장 나쁜 춤일 것이다. 그럼 가장 좋은 춤은 무엇인가. 부처께서 영산靈山에서 마지막 설법을 하실 때, 앞에 있던 연꽃을 대중에게 들어 보이시니까, 오직 제자 가섭만이 그 뜻을 알아듣고 빙그레 웃으며 일어나 춤을 추었다. 그 춤은 부처와 가섭의 마음을 하나로 만든 춤이었다. 그 '이심전심以心傳心'은 대우주의 어떤 진리나 우리가 언어로 표현할 수 없는 큰 깨달음을 말하는 것이리라. 그런 깨달음의 몸짓, 그런 춤이라면, 가장 좋은 춤일 것이다.
그렇듯, 구도와 예술이 서로 다른 것이 아니라 변화하는 생명 속에서 하나가 아닐까. 그런 경지라면, 진정 아름다울 것이다.

1959년 태어나 경기고등학교와 서울대학교 화학과를 졸업했다. 서울대학교에서 이학 석사학위를 받고 석사장교로 군 복무를 마친 후, 미국으로 건너가 하버드대학교 물리학과에서 공부했다. 석사학위 후 「Fourier Transform Heterodyne Spectroscopy of Liquid Interfaces」 연구논문으로 화학물리학 박사학위를 받았다. 1990년부터 매사추세츠공과대학교 (MIT) 물리학과, 하버드의과대학, 아이오와주립대학교 화학과에서 연구원으로 일하다 1995년 귀국해 현재까지 서울대학교 화학부 교수로 후학 양성에 힘쓰고 있다. 하버드대학교 방문교수(2002-2003), 과학기술혁신 최고전략과정 주임교수 (2009-2011)도 역임했다.

(정두수:)

화학자 ,   서울대학교 화학부 교수

우리나라 기초 과학 분야의 발전에 매진해온 화학자 정두수 박사는 다양한 연구과제를 진행하고 있다. 모세관 전기이동, 미세방울 농축법과 같은 분석 화학 연구를 주로 하면서, 빛으로 분자의 운동을 조절하는 분자광학에도 관심을 쏟고 있다. 주요 논문으로 「Single Drop Microextraction Using Commercial Capillary Electrophoresis Instruments」(2009), 「Large Volume Stacking Using an Electroosmotic Flow Pump in Nonaqueous Capillary Electrophoresis-Mass Spectrometry」(2009), 「Molecular Lens of the Nonresonant Dipole Force」(2000) 등이 있다.

물질의 대칭성,
아름답거나
아름답지 않은

정두수 ┃ 화학자, 서울대학교 화학과 교수

> 보통 아름다움은 곧 '균형'을 뜻한다. 좌우 대칭이 완벽한 얼굴을 선호하는 인간 세세도 그렇지만, 식물이나 동물도 대칭에 민감하게 반응 한다. 대칭성이 월등한 꽃일수록 향기도 진하고 결국 벌과 나비를 불러모으는 데 유리하다. 그렇다면, 진정 대칭만이 아름다움일까. 화학자의 시선으로 바라본 세계에선 과연 어떨까. 결론부터 말하자면, 대칭은 아름답지도 선하지도 않다는 것이다.

우리는 아침마다 거울을 본다. 거울 속에서 완벽에 가까운 좌우대칭형 얼굴을 찾아보지만, 대개 실패한다. 내 안사람은 사진을 찍을 때 오른쪽 얼굴을 자신 있어 한다. 달리 말하자면 무의식적으로 왼쪽 얼굴보다 오른쪽 얼굴이 예쁘다 생각하는 것이다. 반대쪽 얼굴은 차별의 대상이다. 많은 여성이 조각 같은 얼굴을 한 연예인들을 보며 '코는 누구를 닮고', '입술은 누구를 닮고', '이마는 누구를' 하는 식으로 최상의 조합을 찾고자 한다.

이른바 짜깁기를 해보려는 것인데, 비단 현대인만 그런 것이 아니고 인류는 상당히 오랫동안 짜깁기의 욕망에 사로잡혀왔다. 이 짜깁기로 이른바 '최상의 조합'을 만드는 일에 가장 첨예한 반응을 보인 이들이 바로 화학자들이었다. 물론 그 대상은 '금'이었다. 이를 연금술alchemy이라 한다. 사람들이 금을 들여다보니, 금은 노랗고 약간 말랑말랑하고 반짝반짝했다. 노란색은 황에서 가져오고, 말랑말랑한 건 납에서 가져오고, 반짝이는 것은 은에서 좀 가져오고 해서 이것을 비율에 맞춰 잘 섞으면 금을 만들 수 있지 않을까? 금만 만들어낼 수 있다면, 어마어마한 부를 누리게 될 터이니, 사람들은 앞다투어 연금술에 뛰어들었다.

그렇게 기원전 헬레니즘 시대, 이집트에서 시작한 연금술의 역사는 이슬람 문화권과 유럽을 오가며 최신 이론들이 갱신되더니 결국, 1789년 앙투안 라부아지에Antoine Laurent Lavoisier가 『화학교과서』를 발행할 때까지 계속되었다. 라부아지에는 이 책에 원소 개념을 설명해 '금은 만들 수 없는 가장 작은 단위의 물질'이라는 상식을 세상에 전파시켰다.

물질을 섞어 금을 만든다, 실로 장구한 세월 동안 헤아릴 수 없이 많은 실험이 이뤄졌지만, 결국 모두 실패했다. 이 실패들이 모여 화학이란 학문의 기초를 닦았지만, 왜 사람들은 그토록 실패를 거듭할 수밖에 없었을까.

그것은 증명에 소홀했기 때문이다. 어떤 법칙을 받아들일 때, 그것이 확고부동한 사실인지 확인하지 않고 선배가, 그 위의 선생이 해준 말을 그대로 믿었기에, 즉 출발부터 틀렸기에 옳은 결과를 얻을 수 없었던 것이다. 연금술사의 집안 대대로 내려오는 비법을 아들에게 그리고 손자에게 그 손자는 또다시 아들에게, 이런 식이니 오류가 바로잡힐 수가 없었다.

17세기에 활동한, 우리가 잘 아는 '보일의 법칙'을 내놓은 로버트 보일 Robert Boyle이 '보일의 법칙'이 담긴 책보다 더 중요한 책을 하나 썼는데 그 책의 제목이 『의심 많은 화학자The Skeptical Chemist』이다. 이 책에서 그는 "아무도 믿지 마라. 나도 믿지 마라. 대가가 해놓은 것이라고 함부로 믿지 마라. 네가 검증하고 확인한 것만 믿어라" 한다.

그때부터 사람들은 대충 남이 해주는 걸 믿는 게 아니라 자기가 직접 실험과 검증을 반복해 한 번에 하나씩 확고부동한 사실들을 정립해나가기 시작한다. '과학'이 생겨난 것이다. 그렇게 한 번 폭발한 과학 정신은 수천 년간 이루지 못했던 것을 불과 몇 년, 몇 달 사이에 이뤄내는 놀라운 발전 속도를 보여주게 된다.

거울 이야기로 돌아가면, 이 거울엔 놀라운 비밀이 숨어 있다. 거울에 비친 형상은 좌우는 바뀌는데 위아래는 바뀌지 않는다. 바로 이 현상에 인간 기원의 문제를 풀 열쇠가 들어 있다.

우리가 스필버그 영화에 나오는 ET를 만나면 손가락 하나로 악수를 할 수 있지만, 지구인끼리 만나면 한 손으로만 악수를 해야 한다. 내가 오른손을 내밀었는데 상대가 왼손을 내밀면 그건 참 곤란하다.

시인 이상李箱이 남긴 「거울」이란 시를 보면 "거울 속의 나는 왼손잡이요 / 내 악수를 받을 줄 모르는—악수를 모르는 왼손잡이요"라는 구절이 나온다. 왜 이런 현상이 일어날까. 언뜻 똑같아 보이는 양손이 이와 같은 성질을 보이는 것은 왼손과 오른손이 면 대칭성이 없기 때문이다. 각각의 거울상은 반대로 달라진다. 즉 왼손을 거울에 비치면 거울 속의 손은 오른손과 같아지고, 마찬가지로 오른손의 거울상은 왼손이 되기 때문이다.

공간에서 위아래를 가리키는 것은 화살표 하나면 된다. 그러나 거울과 마주 보는 방향과 좌우까지 가리키려면 화살표 3개가 필요하다. 이렇게 3개의 방향이 설정되면 흥미로운 현상이 생겨나는데, 그중 하나가 바로 이 '손비대칭성chirality'이다. 이 현상이 중요한 것은 거울뿐만이 아니라 분자에게도 일어나기 때문이다. 이것을 분자비대칭성分子非對稱性 혹은 키랄성chirality이라 한다.

대표적으로 탄소 원자는 4개의 화학 결합이 생길 수 있는데, 탄소가 중심에 있고 방사형으로 4개의 원자가 네 꼭짓점에 각기 결합하게 된다. 이때, 결합하는 4개 원자의 종류는 같지만, 그 붙은 위치가 거울상에 나타나는 것처럼 좌우가 바뀌어 서로 겹치지 못하는 분자구조가 등장하는데, 이러한 탄소를 키랄탄소라 부르며 키랄탄소를 포함하여 오른손과 왼손과 같이 모양이 다른 분자들을 '거울상이성질체'라 한다.

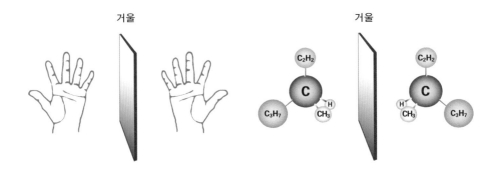

거울에서 출발해 복잡한 화학 문제까지 왔는데, 그러나 이 현상에는 우리가 세계를 바라볼 때 심각하게 고민해야 하는 아주 근본적인 질문이 포함되어 있다.

우선 지구의 생명체는 탄수화물과 단백질 등 탄소가 포함된 유기화합물로 이뤄져 있다. 이 분자들의 절대 대다수는 키랄탄소를 가지므로 거울상이성질체가 존재해야 한다. 그런데 신기한 것은 오대양 육대주를 막론하고 모든 종의 지구 생명체는 박테리아에서 인간에 이르기까지 모두 한 가지의 거울상이성질체로만 이뤄져 있다. 즉, 대칭이 맞지 않고 한쪽 물질로만 편향돼 있다.

이러한 현상을 생체 분자의 단일손대칭성biomolecular homochirality이라 부르는데, 아직 아무도 그 이유를 명쾌히 설명하지 못했다. 누군가이 이유를 밝히면 노벨상 몇 개는 탈 것이지만, 이유를 알 수 없는 이현상은 우리 삶에 매우 흥미로운 질문을 던져준다.

우리가 잘 아는 아미노산이라는 것은 탄소에 '아미노기'와 '카복시기'가 붙어 아미노산이라고 부르는 건데, 이 아미노산은 키랄탄소를 포함하므로 앞서 설명한 것처럼 대칭을 갖는 두 개, 즉 L형과 D형으로 나뉜다. 그런데 정말 이상하게도 자연계의 아미노산은 전부 L형으로만 존재한다. 아주 드물게 D가 나타나는데, 그런 물질을 발견하면 화학자에겐 로또 당첨과 다름없다. 그러나 그것조차 정확한 이유는 알 수 없다.

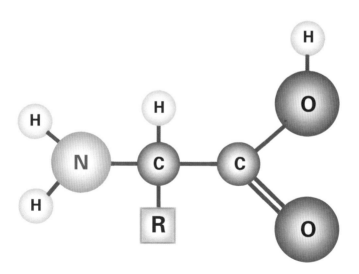

아미노산의 구조 : 가운데 탄소 왼쪽이 아미노기(-NH2), 오른쪽이 카복시기(-COOH)이다. R 자리에는 여러 가지가 붙을 수 있는데, 이에 따라 아미노산의 종류가 결정된다.

자연계의 DNA나 단백질도 그렇고 나선형 박테리아도 대부분 오른쪽으로 꼬인다. 모두 L형인 셈이다. 어떤 박테리아는 가끔 왼쪽으로 꼬이기도 하지만, 결국 방향을 바꿔 오른쪽으로 꼬인다. 덩굴 식물도 거의 대부분 신기하게 오른쪽 나사로 꼬여 나가며 자란다.

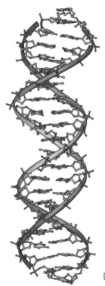

DNA 구조 : 오른쪽으로 꼬여 있다

우리가 자연에서 이 나선형 모양을 가장 잘 볼 수 있는 것이 바로 조개류이다. 대부분의 조개가 모두 오른나사이다. 현재 밝혀진 것 중, '아메리칸웰크American whelk'의 일부만이 왼나사이다.

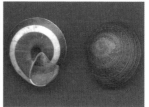

이렇게 분자 수준에서 거울의 대칭성이 깨져 있는 것이 바로 우리가 사는 세계의 참모습이다. 대칭성이 깨지면서 나선형을 만드는 것이고, 그런 깨짐으로 지금 우리가 존재한다는 이야기이다. 그렇다면, 다시 처음의 문제로 돌아가, 아름다움의 조건이 대칭성인가, 하는 물음에 큰 난점이 생긴 셈이다.

자연계는 이렇게 깨진 것이 자연스러운데, 우리는 성형수술도 불사하며 인위적으로 이 대칭성을 맞추려 끊임없이 시도할까. 거기에는 여러 가지 대답이 나올 수 있겠지만, 화학에선 이 문제가 매우 중요하고 또, 실질적으로 우리 삶과 직결된 연구과제이기도 하다.

빅뱅우주론Big Bang Theory이 세계관의 패러다임을 바꾸기는 했지만, 실제로는 아직 해결되지 않은 것들이 많이 남아 있다. 빅뱅이 언젠가 갑자기 있었고 수소가 생겼다가 무기물이 생기고 그것들이 어떻게 유기물이 되고 그것들이 또 원시 생명으로 진화해 결국 인간이 되었다는 이론은 신이 천지를 창조했다는 전통적인 기독교의 세계관에 큰 충격을 주었다.

이 빅뱅우주론이 나오기 이전인 1936년, 소련의 과학자 알렉산 드르 오파린Aleksandr Oparin은 그의 저서 『생명의 기원』에서 생명의 자연발생설을 주장하며 하나의 가설을 세운다. 지구가 막 생성되었을 때 원시 대기에서 암모니아, 메탄, 수증기 등이 번개, 자외선, 열과 같은 에너지를 받아 간단한 형태의 유기물로 합성되었고, 이것이 생명의 기원이 되었다는 가설이다.

자연발생적으로 무기물에서 유기물이 만들어졌을 것이라는 이 가설을 실험으로 증명하려는 노력이 과학계에서 일어났고 결국, 1953년 시카고대학교의 해럴드 유리Harold Urey와 스탠리 밀러 Stanley Miller가 실험에 성공하게 된다.

이들은 원시 대기로 예상되는 환경을 비슷하게 만들어 전기를 방전하고 고온을 가해 극미량의 아미노산을 검출했다. 여기서 아미노산이 꽤 중요한데, 아미노산은 단백질을 이루는 기본 단위로, 모든 생명은 이 아미노산이 없으면 존재할 수가 없다. 거꾸로 말해 아미노산이 생성된다 함은, 무기물에서 생명체가 생겨날 수 있다는 의미이기도 하다.

최근까지도 이 실험에 많은 과학자가 매달렸다. 그러나 가설은 이론과 다르다. 아무리 그럴듯해도 하나가 틀리면 다 틀린 것이다. 이 가설과 실험에는 큰 문제가 있다. 인위적으로 만든 원시 대기가 과연 정말로 초창기의 지구와 같은지의 문제는 그렇다 쳐도, 실험의 결과물인 아미노산에 치명적인 결함이 있었다.

앞서 이야기한 대로 자연의 생명체는 분자구조 L형만이 존재한다. 그러나 이렇게 인위적으로 사람이 만들면 L형과 D형이 절반씩 생긴다. 유리와 밀러의 실험 당시엔 기술이 없었으니 알아낼 수 없었지만, 그들이 만든 아미노산을 들여다보면, 두 가지 형태의 분자구조가 반씩 들어 있음을 알 수 있다. 그런데 지구에 있는 생명체는 오른쪽 것밖에 없다. 그 이유는 아직 모르지만, 이로써 '오파린 가설'은 이론에 이르지 못하고 만 것이다.

현대 유기 화학자들이 열심히 하는 것 중에 '비대칭 합성'이라는 게 있다. 결국, 천연물을 만들려는 노력이다. 인공적으로 만들면 오른쪽 왼쪽이 다 생길 수 있는데, 정말 조심스럽게 한쪽만 생기게 하려는 것이다. 그런데 그것에도 문제가 있다. 그 시작은 순수한 것으로 해야 한다. 순수한 물질에서 시작해야 그것을 깨뜨리지 않고 자연에서 보는 한쪽 물질을 만들 수 있다는 것이다. 순수한 것이 없으면 안 된다. 처음에 뭔가는 순수해야 한다. 그것도 매우 조심스럽고 만들더라도 극소량에 지나지 않는다.

그러나 천연물에서 시작한 것은 그렇다 쳐도, 인공으로 만든 것은 거의 예외 없이 오른쪽과 왼쪽이 절반씩 생긴다. 유리와 밀러의 실험은 인간이 신을 극복한 듯한 승리처럼 여겨졌지만, 오히려 현 상황을 설명 못한다는 자가당착에 빠지고 말았다.

결국, 진화론은 하나의 가설 수준이지 명확한 이론에 이르지 못했다는 것이다. 그런 의미에서 창조론 또한 가설에 머문다. 수학에서 하나가 틀리면 다 틀리는 것처럼 과학 이론은 '틀림없이 증명'되어야 이론으로 인정받을 수 있다.

인류가 이 문제를 풀 수 있을지 아직 알 수 없지만, 분명한 것은 분자 비대칭성을 둘러싼 화학 문제가 우리 실생활에 끼치는 영향이 크다는 점이다.

예를 들어, 단백질을 구성하는 아스파라긴asparagine이란 물질이 있는데 식물에 포함된 L형의 천연 물질은 맛이 쓰다. 그러나 인공 화합물을 만들어보면, D형은 달다. 물질의 화학적 성질이 똑같은데, 이런 차이가 왜 생길까. 그것은 맛을 느끼는 우리의 감각 기관이 한쪽으로 돼 있기에 그렇다. 오른쪽 손에 왼손 장갑을 못 끼우는 원리와 같다.

시중에 알레르기 비염이나 피부 질환 치료제인 테르페나딘terfenadine 이라는 약이 있다. 항히스타민제인데, 이걸 복용하면 대부분 졸린다. 그래서 이 약을 먹고 운전하지 말라고 권한다. 이것도 마찬가지 이유이다. 약 성분의 오른쪽 화합물은 부작용을 일으키고 왼쪽 화합물은 우리가 원하는 작용을 일으키는 것이다. 그럼 왜 섞어서 파느냐? 그것은 인공적으로 만들기 때문이다. 약을 만들 때 D형과 L형이 모두 생기지만, 그것을 분리해내기가 너무 어렵기에 부작용을 감수하는 것이다. 그것을 분리해서 부작용 없는 걸 만들려면 한 알에 100만 원씩 주고 사먹어야 한다. 그러니까 한 알에 50원 주고 졸린 거 참자는 것이다.

그래도 이 정도 부작용 정도면 넘어갈 수 있지만, 1960년대 임산부의 입덧 억제제로 개발해 시판한 탈리도마이드thalidomide는 역사적으로 악명이 높았다. 오른쪽 화합물의 부작용으로 팔다리 없는 2만 명의 기형아가 태어난 것이다. 그래서 임산부 복용은 금지되었지만, 1993년까지 기형아 출산이 보고되기도 했다.

사실 탈리도마이드의 왼쪽 화합물은 입덧을 억제하고 여러 좋은 작용이 많다. 그러나 오른쪽 화합물의 부작용이 비극을 불러온 것이다. 그렇다면, 이 약은 완전히 금지되었을까. 그렇지 않다. 극과 극은 통한다고, 이 약은 아주 끔찍한 약이지만, 나병 환자의 통증 치료에 쓰이는 거의 유일한 약이다. 에이즈 환자에게도 효과가 있다. 따라서 임산부는 절대 먹지 말라고 표시를 해 현재도 유통되고 있다.

탈리도마이드의 사례는 대칭성이 불러온 비극이다. 오른쪽 물질만 생산할 수 있었다면 분명히 비극은 없었을 것이다. 이런 비극이 벌어지자, 1992년 세계에서 가장 힘센 기관 중 하나인 미국의 FDA가 제약회사들을 궁지에 몰아넣었다. "앞으로 개발하는 약은 순작용만 하는 한쪽 물질만으로 이뤄지거나 양쪽 모두의 무해성이 확인되어야 허가해 주겠다"는 것이었다.

이 발표로 전 세계 제약회사들이 홍역을 치른다. 한쪽 물질을 가려내기 너무 어렵기 때문이다. 방법은 두 가지이다. 처음부터 한쪽만 만드는 방법도 있고, 그냥 왕창 만들어놓고 절반을 가려내는 방법이다. 지금의 과학기술로는 왕창 만들고 가려내는 것이 경제적으로 훨씬 유리하다. 그러나 그조차도 복잡하며 쉽지 않은 일이다.

이 일은 먼 남의 나라 이야기가 아니다. 우리나라에서도 단단히 홍역을 치렀다. 2003년, 우리나라 최초로 신약을 개발했다 해서 크게 화제가 된 적이 있었다. 모 기업에서 개발한 항생제로 팩티브Factive란 약이었는데, 그 약이 지금 어떻게 되었을까. 결론부터 말하자면, 바로 이 대칭성 문제 때문에 세계 시장 독점권을 영국 회사에 넘기고 말았다.

신약은 물질만 만들면 되는 게 아니라 임상을 굉장히 복잡하게 해야 한다. 그런데 임상에 들어가기 전에 필수적으로 해야 하는 게 1992년 미국 FDA가 제시한 새로운 조건을 충족시키는 것이다. 그러려면 오른쪽 물질과 왼쪽 물질을 따로 약 1그램 정도를 만들어 독성 실험을 해야 한다. 그런데 이 약의 개발자들이 오른쪽 왼쪽을 따로 만들려고 노력하다가 결국 결과를 기다리지 못하고 영국의 다국적 회사에 독점권을 팔고만 것이다. 나중에 밝혀졌지만, 이 약의 오른쪽 왼쪽은 다 안전한 것으로 판명되었다. 결국, 100여 명이 넘는 연구원들이 목숨을 걸고 개발한 신약이 그렇게 날아간 셈이 되고 말았다.

현재 세계 제약 환경은 급격하게 변하고 있다. 우리가 약국에서 사 먹는 약의 40퍼센트 정도가 오른쪽 왼쪽 화합물이 섞인 약이다. 지금까지 왼쪽 오른쪽을 가를 수 있는 기술이 없었기에 섞인 것을 먹었다. 현재 세계 제약회사들은 섞인 물질에서 한쪽 물질만 가려내는 기술 개발에 박차를 가하고 있다. 왜냐하면, 특허 시효가 지난 약이라도 이 기술로 새로운 특허를 받아낼 수 있기 때문이다. 우리나라도 이 흐름에 슬기롭게 대처해야 할 때이다.

모든 양쪽 물질이 다 나쁜가 하면 그렇지도 않다. 아미노산 중에 L-아미노산은 모범생이고 D-아미노산은 버린 자식 취급을 받는다. 그런데 최근 D-아미노산도 쓸모가 있어졌다. D-아미노산 몇 개를 연결해 만든 약은 체내에서 어떻게 깰 줄을 몰라 약효가 오래간다. 모범생은 금방 깨져 약효를 낼 틈이 없다. 그러나 불량청소년으로 만든 약은 제대로 기능을 하는 셈이다.

정리하면, 자연계는 한 가지만 있는 것이 자연스럽고 행복한 상태이다. 그것이 깨져 양쪽이 생기면 부조화를 일으킨다. 또한, 이 사실에 인류 기원의 문제가 걸려 있다. 진화론자들은 "왜 한쪽만 있는가?" 하는 문제를 풀지 못했다. 창조론자들도 역시 이 편향성을 설명할 방법을 찾지 못했다.

화학자인 내가 결국 하고 싶은 이야기는 간단하다.

아름다움이란 무엇인가? 우리가 이 질문에 대답할 때, 합의된 혹은 안정화된 정답이란 그렇게 쉽게 도출되지 않는다는 점이다. 자연계에서 오관을 통해 감지되는 대칭성은 꽃이 벌을 모으고, 미인이 남자들을 이끄는 것처럼 자연스러운 현상이지만, 자연계의 그 밑바닥에선 편향된, 즉 대칭성이 깨진 상태가 오히려 자연스럽다.

아마도 이 주제는 '아름다움이 상대적'이라는 개념보다는 훨씬 근본적인 어떤 물음을 통해 해결해야 할 대상이 아닐까 한다.

서울대학교 생물학과를 졸업하고 동 대학원의 최재천 교수 연구실에서 행동생태학 석사학위를 받았다. 미국 오스틴에 있는 텍사스대학교 심리학과에서 진화심리학의 세계적 권위자인 데이비드 버스 교수의 지도로 진화심리학 박사학위를 받았다. 학위 논문은 「가족 내의 갈등과 협동에 관한 진화심리학적 연구」. 귀국 후 이화여자대학교 통섭원에서 연구원으로 일했고 현재는 경희대학교 후마니타스 칼리지(국제캠퍼스) 교수로 재직하면서 진화적 관점에서 들여다본 인간 본성을 강의하고 있다.

저서로는 대중의 화제가 된 『오래된 연장통』이 있고, 역서로는 『욕망의 진화』가 있다. 스승인 데이비드 버스의 저서 『위험한 열정 질투』와 『오셀로를 닮은 남자 헤라를 닮은 여자』의 감수를 맡기도 했다. 2010년, 텍사스대학교 한인동문회 올해의 동문상을 수상했다.

(전중환:)

진화심리학자,   경희대학교
후마니타스 칼리지
(국제캠퍼스) 교수

전중환 교수는 우리나라에 생소했던 '진화심리학'을 대중에게 널리 알린 젊은 학자이다. 박사학위 논문에서 '가족'을 연구한 전중환 교수는 진화심리학의 입장에서 가족들 간 협동과 갈등, 먼 친족에 대한 이타적 행동, 근친상간이나 문란한 성관계에 대한 혐오 감정 등을 꾸준히 연구하고 있다.

그의 논문은 『영국왕립학술원 회보(Proceedings of the Royal Society B: Biological Sciences)』, 『행동생태학(Behavioral Ecology)』, 『아메리칸 내추럴리스트(American Naturalist)』, 『심리학 탐구(Psychological inquiry)』 등 국제 학술지에 꾸준히 실리며 세계적으로 주목받고 있다. 특히, 사촌에 대한 이타적 행동 연구는 『가디언』, 『데일리 텔레그래프』, 『슈피겔』 등의 일간지와 잡지에 자세히 소개되기도 했다. 현재 진화심리학은 남녀의 짝짓기 전략뿐만 아니라, 혈연 간의 사회적 행동, 비친족 간의 협동, 폭력과 전쟁, 사회적 지위, 음식 선택, 주거지 선택, 문화, 도덕성, 언어, 종교, 정신장애 등 인간의 모든 심리적 현상을 다루며 세계적으로 빠르게 성장하고 있다.

아름다움,
그 아름다운
진화의 산물

전중환 ㅣ 진화심리학자, 경희대학교 후마니타스 칼리지(국제캠퍼스) 교수

> 과연 진화론자가 바라보는 '아름다움'은 어떤 모습일까.

진화심리학의 시각으로 아름다움을 다루면, 어떤 이들에겐 다분히 논쟁적이고 불편한 이야기가 될 수밖에 없다. 그러나 이러한 논쟁적 시각이 자연과학과 여타 인문사회과학을 통합하는 새로운 관점에서 '아름다움'을 여러 다양한 각도에서 바라볼 수 있게 해줄뿐더러, 어쩌면 기존에 우리가 아무렇지도 않게 그저 아름답다고 여겼던 대상을 다시 한 번 더 깊숙이 들여다볼 계기를 마련해줄 수도 있을 것이다.

1993년, 러시아에서 미국으로 이주한 두 명의 미술가가 있었다. 미국에 도착한 비탈리 코마와 알렉산더 멜라미드는 기금을 받아 전 세계 10여 개 나라의 국민을 대상으로 미적 선호도를 조사했다. 국적과 인종이 전혀 다른 사람들이 도대체 각기 어떤 그림을 선호하는지 조사한 것이다.

이들은 중국, 미국, 우크라이나, 터키, 아이슬란드, 프랑스, 독일, 케냐 등의 국민을 대상으로 좋아하는 색깔, 현대미술을 좋아하는지 옛날 미술을 좋아하는지, 사람이 들어간 그림이 좋은지, 풍경이 좋은지, 실내 그림이 좋은지 등 잡다한 것을 세세하게 물었다.

과연 각 나라 사람들이 어떠한 그림을 좋아하는가, 어떠한 풍경을 가장 선호하는가를, 여러 요소를 종합해 조사했다. 예를 들어 추상화를 좋아하는지 구체화를 좋아하는지, 이들은 미술가였기에 조사한 결과를 토대로 실제로 사람들이 선호하는 그림을 그려 보았다. 코마와 멜다미드는 이렇게 정리된 그림을 모아 대규모 전시회를 열었다. 결과는 어떻게 되었을까.

위 그림이 미국인이 가장 선호하는 그림과 가장 싫어하는 그림이었다. 왼쪽 그림은 조지 워싱턴을 상징하는 남자와 아이 셋, 그리고 사슴이 노니는 호숫가 풍경이다. 미국인들은 이런 그림을 좋아했다. 오른쪽 그림은 미국인이 가장 싫어하는 그림이다. 추상화 중에서도 무의미한 기하학적인 패턴이 아주 둔탁한 질감으로 그려져 있다. 그렇다면, 아시아인인 중국인이 가장 선호하는 그림은 어떤 것이었을까.

놀랍게도 미국인이 가장 선호하는 그림과 비슷한 분위기의 그림이었다. 다만, 사슴 대신 소가 있고 쑨원이나 마오쩌둥을 상징하는 초상화가 조지 워싱턴 대신 자리하고 있다. 미국인과 중국인 모두 푸른 하늘 아래 잔잔한 물이 있고 그 주위로 산과 나무가 있는 그림을 골랐다. 그리고 중국인들이 가장 싫어하는 그림도 미국과 비슷했다. 그냥 무의미한 패턴이 들어가 있는 추상화를 중국인들은 가장 싫어했다.

그러면 추운 북유럽의 아이슬란드 사람들은 어떨까? 역시 추운 나라에 사는 사람들도 좋아하는 것과 싫어하는 그림이 다른 나라 사람들과 비슷했다.

그렇다면, 위의 두 그림은 어떤 지역 사람들이 고른 그림일까? 누구나 짐작했겠지만, 더운 나라인 아프리카의 케냐 사람들이 고른 그림이다. 사슴이나 소 대신 하마가 그 자리를 대신하고 있다. 결과가 이쯤 되면 하나의 경향이라 할 만하다. 프랑스인도 터키인도 러시아인도 모두 위와 같은 경향을 나타냈다.

이렇게 되니 전시를 준비한 코마와 멜라미드는 난처했다. 기금을 받아 전시 공간을 크게 빌려놓은 이 두 미술가는 인종별, 계층별 선호도가 담긴 그야말로 다양한 그림을 잔뜩 전시하려 했는데 막상 전시할 것이 딱 두 종류뿐이었다. 사람들은 푸른 하늘과 호수와 산과 들이 있는 풍경을 가장 좋아했고 무의미한 추상 패턴을 가장 싫어했다.

과학자인 필자로서는 이 결과가 매우 흥미롭다. 만약 이 두 사람이 과학자였다면, 자신들이 세운 어떤 가설로부터 도출된 예측을 검증하려 했겠지만, 이들은 그냥 아무런 사전 기대나 조건 없이 객관적으로 조사했을 뿐이었다. 그런데 마치 진화적 가설로부터 도출된 예측을 확증한 듯한 결과가 나온 것이다.

왜 이런 결과가 나왔을까?

여기에서의 핵심은 인간 탐구가 선행되어야 한다는 것이다. 진화생물학의 관점에선 '인간은 왜 어떤 대상을 아름답게 여기는가?' 하는 질문이 중요하다. 무언가를 아름답다고 느끼는 주체가 '인간'인 이상 우선 그 '인간'을 탐구하는 것이 먼저 순서이고, 그다음 그 '인간'이 어떤 대상을 왜 아름답다 느끼는지 규명하는 것이 나중 순서가 되어야 한다.

궁극적으로 인간은 보편적인 본성을 지닌다. 이 본성은 침팬지의 본성, 오랑우탄의 본성, 까치의 본성, 화성인의 본성과는 다르다. 우리가 문화의 차이라든지, 문화의 개별성에 주목하는 것도 필요하고 그리고 반드시 그것을 연구해야 하지만, 그 이전에 개별 문화에 깃든 보편적 동질성에 먼저 주목할 필요가 있다.

진화심리학자들은 우리가 너무나 당연히 생각하는 보편적인 심리 특성들이 사실은 그냥 우연히 주어진 것이 아니라, 대단히 복잡하고 정교한 자연선택이 빚어낸 진화의 산물이라고 본다. 이런 복잡 정교한 심리적인 특성들은, 우리의 심장이 고도의 해부학적인 적응인 것처럼, 신과 같은 절대자에 의해서 그냥 생긴 것이 아니라 사실은 수많은 세월에 걸쳐 자연선택으로 만들어진 진화의 산물이다. 맹목적이고 기계적인 과정인 자연선택이 오랜 세월에 걸쳐 복잡한 적응을 만든다는 것이다. 우리가 생각하는 인간 본성은 인간이 침팬지의 공통 조상과 600만 년 전에 갈라진 이래 수백만 년 동안 아프리카 사바나 초원을 무대로 수렵채집 생활을 했던 시절로 거슬러 올라간다.

600만 년 동안의 축적, 우리 인간의 본성

사바나 초원에서 인간의 조상이 맞닥뜨린 여러 가지 현실적인 문제들, 예를 들어 번식에 적합한 상대는 누구인가, 사기꾼을 어떻게 응징할 것인가, 맹수는 어떻게 피할 것인가, 비가 오는 밤에는 도대체 어디서 자야 할 것인가 등의 현실 문제를 해결하려는 심리적인 도구의 집합이 바로 인간 본성, 즉 인간의 마음이 된 것이다.

이러한 관점은 우리가 삶에서 너무도 당연시하는 것들을 낯설게 바라보게끔 해주어 결국 궁극적인 통찰에 이르게끔 도와준다.

예를 들어, 너무나 당연한 질문. '꿀은 왜 달까?' 꿀이 단 건 당연하고 어린아이라면 '바보 같은 질문'이라고 웃어넘겼을 것이다. 그렇다면, 이런 대답은 어떨까. '단맛을 내는 물질도 있고, 쓴맛을 내는 물질도 있는데, 우리 인간은 단 것을 좋아한다.'

사실은 이 대답의 거꾸로가 정답이다. 인간이 물질을 단 것과 쓴 것으로 구분해 기억에 저장한 것이다. 우리가 어떤 것이 달다고 여기는 까닭은 그 물질이 고 에너지원이 되기 때문에 이런 것들을 '달다'고 여기게끔 뇌가 배선되었기 때문이다.

우리가 아무리 글루코스 분자 구조를 눈이 빠져라 들여다봐도 거기에 '달다'라는 특성이 깃들어 있지는 않다. 이 글루코스 분자를 많이 함유한 특정 물질들이 많은 에너지를 내서 영장류 조상의 생존과 번식에 도움을 주었기에 글루코스 분자를 함유한 물질들을 달다고 여기게끔 진화한 것이다. 마찬가지로 생존과 번식에 불리했던 독성을 함유한 것들, 예를 들어 잡초 같은 것은 맛이 쓰다고 여기게끔 진화한 것뿐이지, 잡초가 본질적으로 쓴 것은 아니다.

한 가지 더 예를 들어보자. '소녀시대'의 윤아는 왜 예쁠까? 윤아가 예쁜 것은 다 아는 사실인데 왜 우리는 그런 얼굴을 예쁘다고 생각하는가. 그것 또한 오랜 진화의 과정에서 윤아처럼 생긴 얼굴, 즉 눈이 크고 입술이 도톰하고 턱이 얇은 얼굴을 지닌 사람이 건강하고 번식능력도 우수해 생존과 번식에 더 유리한 짝짓기 대상이었기 때문이다.

아기를 귀엽다고 느끼는 것 또한 마찬가지 이유다. 인간 종의 어린 개체들이 공통으로 지진 특성은 눈이 크고 미간이 넓고 턱이 작다는 것 등이다. 이러한 특성을 지닌 개체들은 우리의 유전자를 후대에 전달하는 일종의 운반 수단이었기 때문에 인간 어른들은 아이를 귀엽다고 여겨서 잘 보살피게끔 진화한 것이다.

우리가 왜 어떤 것을 아름답다고 여기고 어떤 것은 추하다고 여기는가. 핵심적인 고려 사항은 바로 생존과 번식이다. 어떤 대상이 인간의 진화 역사에서 생존과 번식에 유리하게 작용했다면 이를 아름답게 여기고, 생존과 번식에 불리하게 작용했다면 이를 추하게끔 여기도록 인간은 진화했다.

이런 대원칙 아래, 인간이 아름다움을 느끼는 가장 보편적인 대상인 '사람의 얼굴'과 '자연 풍경' 두 가지에 깃든 진화론적 관점을 조금 더 살펴보자.

얼굴, 특히 여성의 얼굴을 대상으로 '미인'의 개념을 설명할 때, 시대에 따라 사회 문화적 환경에 따라 선호도가 다르다는 시각이 지배적이었다. 그야말로 '미인'은 사회 문화적인 구성물이라는 것이었다.

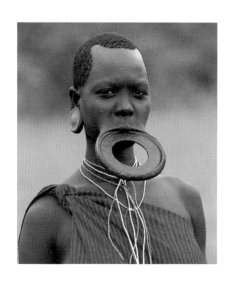

위의 사진을 보자. 우리는 그동안 '이곳 문화권에 사는 사람들은 정말로 이러한 입술 형태를 너무나 아름답다고 여긴다'는 문화 상대주의적 시각을 배워왔다. 그러면 우리는 이러한 시각이 맞는지 실제 연구로 확인해봐야 한다. 실제로 연구해보면 미의 기준은 여러 문화에 걸쳐 보편적으로 나타난다.

이렇게 말하는 사람이 있을 것이다. "소녀시대는 우리나라에서만 예뻐하지, 아프리카 사람들이 보면 하나도 안 예쁘다고 할걸?" 그렇지 않다. 사실은 아프리카 사람들이 봐도 소녀시대는 예쁘다고 한다. 우리가 예쁘다고 생각하는 사람과 못생겼다고 생각하는 사람을 아프리카 사람들에게 보여줘도 의견은 일치한다. 그 역도 마찬가지다.

그래서 실제로 문화별로 아름다운 사람과 그렇지 않은 사람의 선호도와 기준이 다른가 조사해보면 수많은 연구에서 그 기준은 거의 유사하게 결론이 난다.

이 기준은 그야말로 어머니 뱃속에서 지니고 태어난다. 생후 2개월밖에 안 되는 아이들도 이러한 미의 기준을 지니고 있다. 안구 운동을 측정하는 장치를 쓴 아기에게 예쁜 사람의 사진과 못생긴 사람의 사진을 보여주면 아기들도 예쁜 사람의 사진을 더 오래 쳐다본다. 못생긴 사람의 사진을 보여주면 금방 다른 곳으로 눈을 돌려버린다. 최근 연구에서는 놀랍게도 태어난 지 3일밖에 안 되는 신생아도 예쁜 사람의 사진을 더 오래 쳐다본다는 것이 확인되었다.

이 결과는 미의 기준이 보는 사람에 따라 세각각이다, 혹은 전직으로 사회 문화적인 구성물이라는 시각과는 달리, 타고나는 보편적인 인간 본성 가운데 하나라는 것을 말해준다.

그렇다면, 예쁜 얼굴, 즉 생존과 번식에 유리한 얼굴의 가치 기준은 어떤 것이었을까. 결론부터 말하자면, 평균성, 성적 이형성, 대칭성 이렇게 세 가지로 좁혀 생각할 수 있다. 지면 관계상 두 가지 정도만 간략하게 살펴보자.

평균성은 말 그대로 가장 평균적으로 생긴 얼굴을 우리가 선호한다는 이야기이다.

자연선택이 중요하게 고려하는 사항 가운데 하나는 개체군의 중심 경향이다. 예를 들어 코가 너무 크지도 않고, 너무 작지도 않아야 코의 본래 기능을 수행하는 데 유리할 것이다. 이렇게 놓고 보면 눈이나 코, 입, 턱, 눈썹 등 얼굴 각 부위가 모자라지도 넘치지도 않으면서 개체군의 중심 경향에 가까운 평균적인 얼굴을 지닌 사람이 건강하고 번식능력도 우수할 것임을 알 수 있다. 따라서 우리는 평균적인 얼굴 형태를 선호하도록 진화하였다.

예를 들어 서로 다른 두 사람의 얼굴을 컴퓨터로 평균화해서 합
성하면, 두 사람만 평균을 내도 꽤 예뻐짐을 알 수 있다. 이렇게
개체군의 중심 경향을 나타내는 즉, 얼굴 각 부분이 모자라지도
넘치지도 않는 얼굴을 우리가 매력적으로 여긴다면, 우리는 검증
가능한 예측을 도출할 수 있다. 즉, 표본 크기가 커질수록 매력도
가 더 높아질 것이다.

마치 대선 여론조사에서 표본 집단이 5명 정도라면 그 결과를 믿
을 수 없지만, 1천 명 정도만 되어도 어느 정도 설득력 있는 경향
을 알 수 있는 것처럼 평균을 구하는 표본 집단의 수를 100명,
200명 이렇게 늘여가 평균율을 구해보면 점점 더 아름다운 얼굴
이 등장하게 된다.

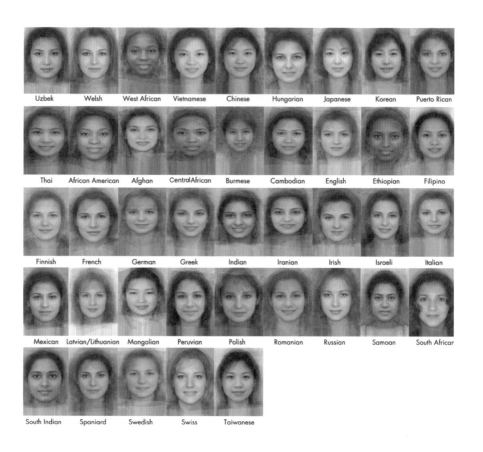

Uzbek	Welsh	West African	Vietnamese	Chinese	Hungarian	Japanese	Korean	Puerto Rican
Thai	African American	Afghan	CentralAfrican	Burmese	Cambodian	English	Ethiopian	Filipino
Finnish	French	German	Greek	Indian	Iranian	Irish	Israeli	Italian
Mexican	Latvian/Lithuanian	Mongolian	Peruvian	Polish	Romanian	Russian	Samoan	South African
South Indian	Spaniard	Swedish	Swiss	Taiwanese				

위 사진은 실제로 세계 각국의 여성의 얼굴을 컴퓨터로 평균을 구해본 것인데, 상당히 예쁘다는 것에 동의할 것이다. 우리나라 여성의 평균 얼굴도 있다. 참고해보길 바란다.

그런데 이렇게 평균적인 것만으로는 그저 괜찮기는 한데 시선을 확 끌어당길 만큼 매력적이지는 않다. 그야말로 우리의 마음을 확 설레게 하는 그런 매력은 어딘가 모자란다. 바로 여기에서 평균율과 더불어 예쁜 얼굴의 조건이 되는 '성적 이형성'이 등장한다.

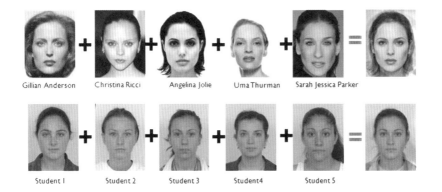

Gillian Anderson　Christina Ricci　Angelina Jolie　Uma Thurman　Sarah Jessica Parker

Student 1　Student 2　Student 3　Student4　Student 5

위 사진에서처럼 유명한 여배우 다섯 명의 평균을 구한 얼굴과 일반 여성 다섯 명의 평균을 구한 얼굴을 비교해보면 우리는 그 차이를 뚜렷이 알 수 있다. 일반인의 평균 얼굴이 예쁘기는 하지만, 여배우의 평균 얼굴보다 강렬함은 확실히 덜하다.

이유는 성호르몬 때문이다. 남성은 테스토스테론testosterone, 여성은 에스트로겐estrogen 호르몬으로 알려진 성호르몬은 사람의 2차 성징에 관여한다. 예를 들어 눈을 크게 한다든지, 입술을 도톰하게 한다든지, 얼굴을 V-라인으로 만드는데, 호르몬의 영향을 강하게 받은 얼굴에는 이러한 특징이 더 잘 나타나는 것이다. 이 호르몬은 인체에 해로운 영향을 끼치는 이른바 비싼 호르몬이다. 아주 부자들만 스포츠카를 몰 수 있듯이 유전적인 자질이 우수한 사람만 에스트로겐을 많이 가질 수 있고 그 효과를 얼굴에 발현시킬 수 있다. 따라서 에스트로겐 호르몬의 영향을 많이 받은 여성의 얼굴은 그 여성이 우수한 유전자를 지녔음을 알려주는 정직한 신호이기 때문에 남성들은 이런 얼굴을 더 매력적으로 여기게끔 자연선택에 의해 진화했다.

실제 남성들을 대상으로 조사해보면 평균적인 여성의 얼굴보다 에스트로젠의 영향을 받은 얼굴을 더 매력적으로 여긴다는 결과가 나온다. 결론적으로 우리가 어떤 얼굴을 매력적으로 여기는 이유는 그런 얼굴을 지닌 사람과 짝짓기하면 생존과 번식에 더 유리했기 때문이다.

스타벅스와 아프리카 사바나

인간이 선호하는 자연 풍경도 마찬가지로 이해할 수 있다. 인간은 600만 년간이나 수렵채집 생활을 했다. 한곳에 정착해 사는 것이 아니라 이곳저곳 떠돌며 이동 생활을 했기에, 어떤 곳에 머물지, 어떤 곳이 안전할지, 고르고 따지는 데 몹시 신경을 쓰게끔 진화해온 동물이다.

인간은 진화 역사의 99퍼센트 이상을 아프리카 사바나 초원에서 수렵채집 생활을 하면서 보냈다. 인간은 잔디가 깔린 초원에 군데군데 나무가 있는 사바나 초원을 선호하도록 진화했다.

잡식성 영장류였던 인간에게 사바나 초원은 풍부한 동식물 등 음식을 제공해주고 듬성듬성 있는 나무는 비바람을 피할 수 있는 장소이자 사자와 같은 포식자가 나타났을 때 올라가 숨을 수 있는 피난처였다. 사방으로 시야가 트여 있어 맹수가 나타나는지 쉽게 발견할 수 있었고 길을 잃을 염려도 적었다.

현대인에게도 설문조사를 해보면 사바나 초원을 선호하는 경향을 쉽게 확인할 수 있다. 그리고 이러한 사바나 초원의 선천적 선호도는 어린아이에게 두드러지게 나타난다. 8세에서 11세 아이들의 선호도가 가장 높은 것을 알 수 있다. 이는 매우 흥미로운 결과이다. 이 아이들이 아프리카에 한 번도 가보지 못했음에도 아프리카의 초원을 선호한다는 것은 분명히 이유가 있다.

위의 세 나무는 모두 초원에서 자라는 아카시아의 모습이다. 왼쪽은 물이 부족한 토양에서 길게 자란 형태이고 맨 오른쪽 것은 물이 너무 많은 습지에서 자란 형태이다. 가운데 것이 적당한 토양에서 자란 나무의 형태이다.

그런데 우리가 좋아하는 나무의 형태는 바로 가운데 것이다. 적당한 높이로 맹수가 나타나면 나무에 올라가서 숨을 수 있고, 넓게 드리워진 그늘에서 햇볕과 비바람을 피할 수 있었기 때문이다. 바로 이런 점들의 영향으로 우리가 좋아하는 자연 풍경도 자연선택적으로 결정된 것이다.

대표적으로 많은 이들이 꿈꾸는 '언덕 위의 하얀 집'이 있다. 그저 드라마나 영화에 등장하는 멋진 집이 대부분 그렇게 나오니 우리가 그런 집을 꿈꾸는 것이 아니다. 이런 위치에 주거지를 잡는다는 것은 여러 이점이 있었다. 가장 중요한 것이 감시와 은폐가 쉬웠다는 점이다. 언덕 위에선 사방을 내려다보며 맹수나 적이 다가오는 것을 쉽게 발견할 수 있다. 반대로 평지에서 언덕을 올려다보는 쪽에선 그 안에 누가 있는지 몇 명이나 있는지 쉽게 알아낼 수 없었다.

성을 좋아하는 것도 성이 조망과 피신에 용이하기 때문이다. 왜 고풍
스러운 성이 디즈니의 상징이 되었을까. 일단 성 안에 들어가면 밖에
서는 성 안에 누가 있는지 모르지만, 나는 성 안에서 밖을 다 감시할
수 있었다. 그만큼 안전할 확률이 높아진 것이다. 테라스를 좋아하는
것도 마찬가지 이유이다.

현대인들도 스타벅스 같은 카페에서 사바나 초원에서 활동할 때와 똑같은 행동양식을 보인다. 매장의 문을 열면 손님들은 대부분 가장자리부터 차지한다. 구석 자리에 앉아야 조망과 피신이 쉽기 때문이다. 자가용 유리창에 과도한 어두운 색을 입히는 이유도 마찬가지이다. 나는 저쪽을 볼 수 있고 저쪽에선 나를 볼 수 없게 하려는 의도이다.

그리고 우리가 선호하는 길의 모습도 오랜 수렵채집 생활의 결과물이다. 길이 너무 단순하면 그 안에 자원이 없는 것이 분명하다. 따라서 적당히 복잡한, 예를 들어 위의 사진처럼 이 오솔길을 따라가면 무언가 중요한 것이 있을 것 같고, 조금만 더 탐색하면은 유용한 자원이 나올 것 같은 그런 길이 우리의 흥미를 끄는 것이다. 이런 습성은 현대사회에서 골프장을 건설할 때 잘 드러난다. 대부분 홀을 나무에 가리고 굽어져 그린이 잘 보이지 않게 설계한다.

골퍼에게 기대감을 불러일으키는 것이고 그 모험을 다 마쳤을 때, 사람들은 더 성취감을 느끼기 때문이다. 이러한 점은 동양화의 산수화에도 잘 드러난다. 산수화에선 길의 끝이 대부분 가려져 있다. 우리는 그림을 보며 안개나 구름에 가린 그 길을 따라 심미적으로 계속 거닐게 된다.

지금까지 살펴본 대로 우리가 어떤 얼굴이나 자연 풍경을 아름답다고 여기는 것은, 그 대상 자체에 아름다움의 본질이 내재해 있기 때문이 아니라 인간이 오랜 세월 진화를 해오며 생존과 번식에 도움이 되었던 특정한 대상을 아름다운 것으로 인식해왔기 때문이다.

만약, 지구에서 인간이 멸종한다면 그간 인간이 아름답다 여겨왔던 대상의 그 아름다움도 다 사라지고 마는 것이다. 즉, '아름다움'이란 인간의 생존과 번식의 세월 동안, 인간에게 유용함을 끼친 대상에 붙인 이름일 뿐, 인간과 무관한 본질적인 '아름다움'은 존재하지 않는다. 아름다움에 대한 이러한 과학적 통찰은, 그것이 개인의 주관적 해석이어서가 아니라 객관적인 증거에 의해 뒷받침되는 진실이기에, 아름답다.

1946년 경상남도에서 태어나 서울대학교 건축과를 졸업했다. 해군 장교를 거쳐 김수근 선생의 '공간연구소', 윤승준 선생의 '원도시건축연구소'에서 일하다 1989년 영국 런던으로 건너가 'Architectural Association School of Architecture'에서 공부했다. 귀국 후 1992년 민현식건축연구소 기오헌(寄傲軒)을 설립해 독자적인 건축 활동을 시작했고, 1997년 한국예술종합학교 미술원 설립에 참여한 이래 지금까지 건축과 교수로 재직하고 있다.

주요 저서로 『땅의 공간-땅의 형국을 추상화하는 작업』, 『비움의 구축』, 『건축에게 시대를 묻다-민현식의 한국 현대건축 읽기』 등이 있다. 공간대상 건축상, 김수근문화상, 건축가협회 아천상, 건축가협회 엄덕문상, 한국건축문화대상 설계부문 우수상, 건축가협회상 등을 수상했다. 현재 문화재위원(경관분과), 한국건축가협회 명예이사(FKIA), 미국건축가협회 명예회원(Hon. FAIA)으로 추대되었다.

건축가　　　　　한국예술종합학교
　　　　　　　미술원 건축과
　　　　　　　교수

민현식의 화두는 '비움의 구축'이다. 땅을 거스르지 않고 '원래 있는' 공간을 재발견해
내려는 그의 건축철학은 건물의 형태보다는 시시각각 변화하는 자연과의 어울림에 초
점을 맞춘 그의 작품들에 고스란히 드러난다. 이는 인간과 자연 모두에게 친화적이고
가변적이며 열린 공간인 우리 전통 한옥의 미학과 맞닿아 있다. 대표 작품으로 〈마당
깊은 집〉, 〈봉천동 아파트〉, 〈동숭교회〉, 서울과 아산과 중국 칭다오의 신도리코 건물
들, 〈국립국악중고등학교〉, 〈한국전통문화학교〉, 〈대전대학교〉, 〈KIST 복합소재연구
소〉 등이 있으며 파주출판도시설계, 아시아문화중심도시광주 기본구상, 제주특별자
치도경관관리계획, 수원화성역사문화도시 기본계획, 가고 싶은 섬-매물도 등 여러 프
로젝트에 참여했다.

또한 '43건축가그룹', '건미준(건축의 미래를 준비하는 모임)', '서울건축학교' 등 건축
시민운동 관련 활동도 펼치고 있다. 43그룹 건축전, 베니스 건축비엔날레, 구림마을 흙
의 축제에 참가했고, 미국 펜실베이니아대학 초청 〈비움의 구축(민현식+승효상) 건축
전〉과 〈S(e)oul-scape 유럽순회전〉 등을 가진 바 있다.

바람과 햇빛에
끊임없이 출렁이는
나뭇잎의 물살

민현식 | 건축가, 한국예술종합학교 미술원 건축과 교수

> 바람과 햇빛에
> 끊임없이 출렁이는
> 나뭇잎의 물살을 보아라
>
> 사랑하는 이여
> 그대 스란치마의 물살이
> 어지러운 내 머리에 닿아
> 노래처럼 풀려가는 근심
> 그도 그런 것인가
>
> 사랑은 만 번을 해도 미흡한 갈증
> 물거품이 한없이 일고
> 그리고 한없이 스러지는 허망이라도

아름다운 이여

저 흔들리는 나무의

빛나는 사랑을 빼면

이 세상엔 너무나 할 일이 없네

박재삼 시인의 시 「나무」다. '내 인생의 아름다움의 구체적인 대상이 무엇인가'를 생각하니, 문득 이 시가 떠올랐다. 1970년 즈음 수첩에 베껴두고는 가끔 읊조리던 시다. 이 시를 읊조릴 때마다, 머릿속엔 잎과 가지가 좋은 느티나무, 팽나무, 회화나무가 떠오르고, 시베리아의 자작나무 숲, 남불 프로방스 지방의 햇빛 아래 출렁이는 보리수, 우리 시골 신작로의 미루나무 등이 오롯이 떠오른다.

또한, 5월이면 어김없이 세상이 온통 바람과 햇빛에 끊임없이 출렁이는 신록의 물살로 뒤덮여 있는, 아름다운 정경이 머리에 그려진다. 그래서 "내 인생의 아름다움은 바람과 햇빛에 끊임없이 출렁이는 나뭇잎의 물살"이라 대답하고는, 곧 '아름다움이란 무엇인가?'라는 질문으로 이어갔다.

아름다움을 아름다움이게 하는 것

아름다움은 무엇인가?

이 질문은 고대 그리스 자연철학자들 그리고 소크라테스의 질문과 닮았다. 이는 에드워드 카Edward Hallett Carr의 『역사란 무엇인가What is history?』 또는 폴 셰퍼드Paul Shepheard의 『건축이란 무엇인가What is architecture?』의 물음처럼 그 질문의 출발점이 같은 맥락에 있다.

이러한 질문은 에둘러 가지 않고, 본원本源, 즉 피시스physis에 직접 다가간다. 고대 그리스 철학은 허무주의에서 출발했다고들 한다. 이들은 모든 것이 가짜인 세계, 덧없는 세계에서 무언가 덧없지 않은 것, 근원적이고 믿을 만한 것의 참모습을 알고자 열망했다. 그러면서 모든 존재자의 생성을 하나의 궁극적인 원소元素, 즉 '근본 원리가 되는 물질'로 해명하려 했다. 현상의 다양성을 하나의 근본 원리로 환원해 설명하려 한 것이다. 이러한 질문을 한 그리스인들 덕분에 인류는 '민주주의'와 '철학' 또는 '학문'이라는 위대한 유산을 물려받게 되었다.

그리스 철학자들은 '미토스Mythos의 세계'에서, 즉 '종교와 시의 세계'에서 '합리적인 세계'로 이행했다. 이들은 로고스logos로 피시스 physis에 다가갔다. 즉, 이성으로 자연과 세계의 근원을 탐구하기 시작했고, 이 과정에서 '아름다움의 본원에 대한 탐구'도 중요한 자리를 차지하게 되었다. 그들이 탐구한 피시스는 단순히 '문화'의 대립 항인 '자연'이 아니라, '스스로 그러한 것', '근원', '근본', '본질'에 가깝다고 할 수 있다.

그렇게 기원전 6세기 밀레토스의 자연철학자로부터 시작해, 플라톤에서 완성되고, 아리스토텔레스에 이어져, 중세와 르네상스를 거치는, 무려 2500여 년간 '아름다움'을 탐구해온 서구 전통 사유의 핵심은 "아름다운 것들은 아름다움에 관여ethesis하며, 아름다움은 아름다운 것들에 임재parousia해, 구현embodiment됨으로써 현실이 된다"는 것이었다.

여기서 '구현'이란 말은 플라톤의 존재론을 잘 표현해준다. 후대에 등장하는 '화신化身', '화체化體', '현현顯現', '구체화具體化', '체화體化', '체현體現' 같은 말들이 모두 유사한 뉘앙스를 담고 있다.

그렇듯 물질성(신체성)을 띠지 않았던 어떤 비물질immaterial이 플라톤의 '이데아'의 현현이나, 기독교와 이슬람에서 말하는 '말씀이 육신이 되는' 사건으로 물질성(신체성)을 띠게 된다는 사고思考가 서구 전통 사유의 핵심이었다.

그들은 '아름다움'이 어떤 대상에 근원적인 질서로 내재해 있다고 생각했다. 이는 불교적 사유의 월인천강月印千江의 구도와 그리 다르지 않다. 조금 거칠긴 하지만, 이런 사유는 처음 '음악'으로 확인되었다. 고대 그리스인에게 음악은 끊임없이 놀라움을 주었다. 특히 사모스 출신의 피타고라스와 그를 따르는 제자들은 '만물이 생겨나고 돌아가는 근원 원리'인 '아르케arche'를 '수數'라고 사유했고 현악기의 아름다운 음악이 현의 길이가 가지는 수학적인 질서에 근거한다는 사실을 알아냈다.

아르케를 '물水'로 본 탈레스 등과 비교할 때, 아르케를 하나의 원소 또는 원소들이 아니라, 근원 법칙이나 체계, 즉 수의 관계라고 본 피타고라스의 사유는 크게 진일보한 것이었다.

음계가 수학적 성격을 지니고 있음을 발견했을 때, 그리스 사람들이 얼마나 환호했을까. 그 환호는 아마 최고의 엑스터시였을 것이다. 그래서 그들이 단순한 하나의 학파를 넘어 폐쇄적 비밀결사조직, 거의 하나의 종교 집단과도 같이 되어버린 과정을 우리는 충분히 이해하고도 남는다. 이렇게 음악에서 출발한 수학적 확신은 그리스 건축술 전체로 확장되며, 수학은 기하학과 천문학, 음악 이론 특히 화성학으로 발전하게 된다. 그들에게는, 인간 삶에 정서적 충족을 선사하는 아름다움이 수학적 질서에 근거한다는 사실이 분명했다. 다시 말해 어떤 사물이 아름다운 것은 그 사물에 내재한 질서, 바로 수학적 질서에 연유한다는 것이고 그 아름다움의 적합성을 '수적 비례 관계'에서 찾을 수 있음을 확신했다.

피타고라스는 더 나아가 세계 또한 그 안의 모든 것이 수적 관계로 조화롭게 배열되어 있다고 생각했다. 이러한 피타고라스에게 배운 플라톤은 이데아론으로 수의 세계에서 한 발짝 더 진전한다. 플라톤은 이렇게 말한다.

> "'아름답다고 하는 것' 자체가 존재한다. 이는 '아름답다고 하는 것' 자체가 아름다운 것이어야 함을 전제로 한다. 이로써 세계와 사물을 '아름답다'라고 말할 수 있게 하는 것은, 형상이 없던 질료에 세계영혼이 형상을 부여하기 때문이며, 따라서 하찮고 미미한 존재라도 여전히 그 형상의 일부분을 나누어 가지고 있으므로, '존재하는 모든 것은 아름답다'라 말할 수 있다."

플라톤이 발견한 '좋음'과 '아름다움'의 연관성은 오늘날 우리 사이에서 거의 사라져버렸다. 아름다움은 기호의 문제로, 좋음은 도덕규범으로 분열되었고, 이 분열 때문에 '아름다움'은 결국 구속성 없는 장식품이 되었고, '좋음'은 삶을 충족시키는 것과 관련 없는 사회규정이 되고 말았다.

비례와 질서에 기초한 '미의 이론'은 피타고라스와 플라톤을 거쳐, 아리스토텔레스와 비트루비우스의 '건축론'에 이어졌고 중세와 르네상스를 지나 18세기에 다다른다. 피타고라스는 "비례와 질서는 아름다운 것이고 적합한 것이며, 수 때문에 모든 사물이 아름답게 보이는 것"이라 했고, 플라톤은 "척도와 비례의 유지는 항상 아름다운 것이며, 그것의 결핍은 추"라고 했다. 아리스토텔레스 역시, "미의 본질은 크기와 질서에 있다"고 보았다.

토마스 아퀴나스는 "미는 밝음clarity과 적합한 비례proper proposition 양쪽 모두를 포함하고 있다. 그리고 신은 모든 사물의 조화와 밝음의 원인으로 그 자체로 아름다운 존재"라 말한다. 아우구스티누스 또한 아름다움을 이야기할 때마다, '척도measure', '형상form', '질서order'를 강조했다.

이러한 서구의 전통 주류 사상은 현실세계를 낮잡아 볼 수밖에 없다. 구현 이전의 비물질적인 것은 순수하다. 자기동일성이라 함은 타자에 훼손되지 않은, 타자와 섞이지 않음을 뜻하기 때문이다. 이렇게 자기동일성을 지닌 순수한 존재가 타자인 물질에 '구현'된다는 것은 일종의 타락이다. 이 서구의 주류 사상은 훗날 니체의 격렬한 비판을 불러일으키게 되지만, 아름다움을 창조하고자 하는 많은 예술가가 이러한 사상에 기대온 것 또한 사실이다.

예술가는 '아름다움을 아름다움이게끔 만들어준 원리'를 인지해, 그것을 개념화, 공식화해가는 존재였다. 그들은 '아름다움'을 지배하는 근본 법칙을 합리적이고 과학적으로 규명하려 했던 것이다. 만일 그것이 합리적인 공식으로 밝혀진다면, 그 규명된 공식을 따르기만 하면, 아름다움을 만들 수 있지 않겠는가. 이는 예술가에겐 숙명과도 같은 것이었다. 누구나 한때는 이 하늘의 비밀, 천기를 알려주면, 악마에게 영혼도 팔겠다는 망상에 빠지기도 했다.

페리클레스 통치 시대, 에우클레이데스의 기하학을 근간으로 개발된 '황금비율'의 미학은 불후의 명작, '파르테논'에서 증명되었다. 15세기 이탈리아 피렌체에서 발견되어 예술가들 사이에 베스트셀러가 된 비트루비우스의 『건축론』과, 16세기 이슬람의 철학자 이븐 루슈드Ibn Rushd가 주해하면서 유행하기 시작한 아리스토텔레스의 『시학』은 르네상스 시대의 투시도법과 과학주의를 이끌었다. 이 과학주의가 지향하는 바는 입체적인 시각 세계의 이상적 모방mimesis이었다. 그리고 이 전통은 20세기 건축의 거장 르 코르뷔지에Le Corbusier의 비례 척도인 '르 모듈러le modular'에까지 이어진다.

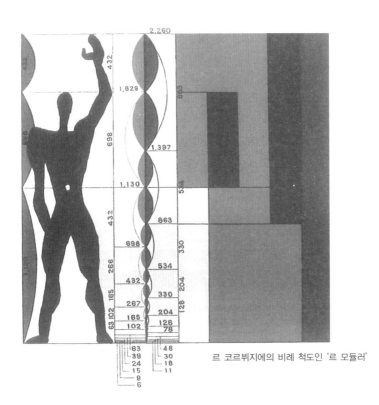

르 코르뷔지에의 비례 척도인 '르 모듈러'

우리가 흔히 이야기하는 고딕양식, 바로크양식, 신고전수의양식 등, 시대의 건축양식도 바로 이러한 규범의 표현이라 할 수 있다. 심지어 기존의 양식을 부정하면서 시작된 현대 건축 운동의 주역들이었던, 르 코르뷔지에, 발터 그로피우스Walter Gropius, 미스 반 데어 로에Mies van der Rohe, 프랭크 로이드 라이트Frank Lloyd Wright 같은 거장들조차도, 이들은 서로 전혀 다른 흐름을 보였음에도, '국제주의 양식International Style'이라는 큰 흐름에서 그리 자유롭지 못했다.

차이들의 움직임 속에 반짝거리는 아름다움

역사에서 가정은 참으로 쓸데없는 짓이지만, "우리는 같은 강물에 두 번 들어갈 수 없다"라는 말로 유명한 헤라클레이토스의 사상이 서구 사상의 주류가 되었다면, 아름다움을 향한 사유 역시 사뭇 달라졌을 것이다. 고독한 사상가 헤라클레이토스는 '만물은 흐른다萬物流轉'라는 명제로 세계의 기본 성격이 '생성과 변화'임을 제시했다. 그의 사상은 일반인에게 잘 이해되지 않았을 뿐 아니라, '변화'에서 허무를 발견한 사람들에게 외면당하면서, 늘 서구 사유의 주변을 맴돌았다.

그와 반대의 성격을 띤, 뭔가 변하지 않는 것이 존재할 것이고, 이 존재에 기대 허무를 극복하려 한 엘레아학파Eleatic School가 서구의 주류로 자리를 잡으면서, '존재Being의 사유'는 그 중심 주제가 되었다. 헤라클레이토스의 '생성Becoming의 사유'는 스토아학파Stoicism를 비롯한 몇몇 경우를 예외로 한다면 지하에 묻히고 말았다. 그러나 훗날 헤겔이 그를 재발견하고 니체와 베르그송이 그의 사유를 발전시키자, 현대에 들어와 생철학, 현상학, 해석학, 실존주의, 실용주의, 실증주의, 마르크스주의 등 현대철학의 '반플라톤주의'를 등에 업고 헤라클레이토스는 화려하게 부활했다.

생성이란 차이들, 어떤 형태의 차이들이든, 차이들이 한순간도 멈춤 없이 계속해서 생겨나는 것을 뜻한다. 즉 생성이란 차이들의 끊임없는 분화differentiation이다.

철학자 이정우는 그의 책 『세계철학사』에서 헤라클레이토스의 사유가 동북아시아의 사유와 몇 가지 친연성親緣性을 가진다고 말하면서, "만물이 흐른다는 생성 존재론은 '역易'의 기본원리인 '생생불식生生不息'과 맥을 같이하고 있다. 또한, 이 흐름이 사실상 로고스에 지배된다는 생각 역시 역의 생성이 '리理'에 지배된다는 생각과 상통한다. 훗날 '모순의 통일'이라 불린 '가장 아름다운 질서는 아무렇게나 쌓인 쓰레기 더미에서 찾을 수 있다'라는 식의 표현은 『도덕경』에서 자주 만날 수 있다. 물론 좀 더 깊이 파내려가면 상당히 다른 맥락들을 발견하게 되겠지만, 적어도 사유의 골격에서 두 사유는 적지 않게 상통한다"고 역설한다.

이제 박재삼의 「나무」로 돌아가자. 나에게 아름다움은 '나뭇잎' 자체에 임재臨在해 있는 것이 아니라, '나뭇잎'이 '바람'과 '햇빛'과 만나 끊임없이 출렁이면서, 나뭇잎과 나뭇잎이 그 사이에 '차이와 변화'를 생성시키며 만들어내는 어떤 것이다.

© JongOh Kim

이런 이유로 이 글의 제목을 '바람과 햇빛에 끊임없이 출렁이는 나뭇잎'이라 하지 않고, '바람과 햇빛에 끊임없이 출렁이는 나뭇잎의 물살'이라 한 것이다.

민현식, 〈칭다오 신도리코 공장〉, 2003

예술, 아름다움이 생성되는 순간을 포착하는

의심의 시대,
18세기를 들어서면서, 영국의 경험주의자들을 중심으로 아름다움의
사유는 전통적 사고인 객관적 관점에서 서서히 주관적 관점으로 돌아
서게 된다. 영국의 경험주의 철학자 프랜시스 허치슨Francis Hutcheson
은 이렇게 말했다.

> "아름다움이란 그것을 지각하는 마음과 어떤 관계도 없이, 그 자체
> 로 아름다운 성질 곧 대상 속에 들어 있다고 생각되는 성질을 뜻하
> 는 것이 아니라, 마음속에 일어난 하나의 관념일 뿐이다."

아름다움이란 대상의 어떤 특수한 성질을 지각할 때 그 지각으로부터
환기되는 특수한 즐거움을 지시하는 말로 이해되기 시작한 것이다. 따
라서 '아름다움'이란 말은 점차 퇴조하고, 대신 '미적 경험'이란 말이
더 자주 쓰이게 되며, 존재론보다는 생성론이 우위를 점하게 된다.
이제 예술가들은 생성의 순간을 포착하고자 노력하기 시작했다. 폴 발레
리Paul Valery는 그의 시 「해변의 묘지」에서, "시간은 반짝이는 데, 꿈은
지식"이라 읊고 있으며, 김춘수는 "다만 하나의 몸짓에 지나지 않았던
그가, 이름을 불러주었을 때, 그는 내게로 와서 꽃이 되었다"고 노래한
다. 가스통 바슐라르는 인상파 화가 모네의 〈수련〉을 두고 "수련, 또는
여름 새벽의 놀라움"이라 썼다.

"그렇다. 아침 물속에서는 모든 것이 새롭다. 생생한 빛의 만화경에 곧장 응답하려면 이 카멜레온 같은 강은 얼마나 많은 생명력을 지녀야 하는가. 출렁거리는 물의 생명만으로 모든 꽃은 새로워진다. 고요한 물의 더할 나위 없이 가벼운 운동이 꽃들의 아름다움을 이끌어낸다."

리처드 세라, 〈la mormaire〉, 1993

'생성의 포착'은 리처드 세라Richard Serra와 같은 대지미술가들의 주제이기도 했고, 많은 사진작가가 그 순간을 카메라에 담고자 목숨을 걸기도 했다. 우리 시대의 위대한 사진가 앙리 브레송은 이렇게 말한다.

"사진을 찍는다는 것은 달아나는 현실 앞에서 모든 능력을 집중해 그 숨결을 포착하는 것이다. 바로 그때 이미지의 포착은 육체적으로나 정신적으로 커다란 즐거움이다. (…) 나의 열정은 사진 '자체'가 아니라, 자기 자신을 잊어버리고, 피사체의 정서와 형태의 아름다움을 찰나의 순간에 기록할 가능성, 다시 말해 보이는 것이 일깨우는 기하학을 향한 것이다."

브레송이 이 글의 서두에 인용한 레트 추기경의 말대로 "세상에 결정적인 순간을 갖지 않는 것은 아무것도 없다." 이는 불행한 천재 철학자, 발터 벤야민의 주된 사유의 주제이기도 했다.

빛과 침묵의 건축가 루이스 칸

'빛과 침묵의 건축가'란 칭송을 듣는 루이스 칸Louis Isadore Kahn이 '시작beginning'에 천착할 때만 하더라도, 아름다움은 그 대상 자체에 내재해 있다고 생각했다.

"구태여 아름다운 사물을 만드는 일은 비열한 짓이다. 이는 총체적 논점을 흐리게 하는 최면술과도 같다. 나는 아름다움이 하룻밤에 창조된다고 믿지 않는다. 그것은 고대로부터 시작된 것이다. 그 고대란 파에스툼 같은 것이다. 나에게 파에스툼은 아름답다. 그것은 파르테논보다 덜 아름답기 때문이며, 그것으로부터 파르테논이 나왔기 때문이다. 파에스툼은 땅딸막하고, 명징하지 않으며, 섬뜩한 비례를 가진다. 그러나 나에게는 몹시도 아름답다. 그것 자체로 건축의 시작을 드러내고 있기 때문이다. 그것은 벽들이 분리되어 기둥이 되는 순간이며, 음악이 건축으로 들어오는 시간이다. 그것은 아름다운 시간이며 우리는 아직도 그 순간을 살고 있다."

마치 시와 같은 감동적인 글이다. 루이스 칸은 이오니아 양식의 완성인 '파르테논'보다, 그 시작인 '파에스툼'이 오히려 더 아름답다고 얘기하면서, 근원으로 돌아가자고 말한다. '덜 아름답기에, 더 아름다운' 그 역설이 우리를 근원으로 되돌린다. 그 역설은 이제 더는 어쩔 수 없는 최고 경지에 도달한 불국사의 석가탑보다, 삼층석탑의 시작인 감은사지 삼층석탑이 더 아름다울 수 있다는, 『나의 문화유산답사기』의 저자, 유홍준의 역설과 맞닿아 있다.

이 당시 루이스 칸은 아름다움이 대상에 내재한다는 사유에서 벗어나지 못했다. 그러나 그는 1970년대 빛을 주제로 다룬 '킴벨뮤지엄'을 설계하면서 코페르니쿠스적인 전환을 시도한다. 한 위대한 시인이 그에게 물었다. "당신의 집에는 어떤 종류의 햇빛을 지니고 있나요? 어떤 종류의 빛이 당신의 방으로 들어오나요?" 루이스 칸은 이렇게 대답했다.

"건물의 벽에 햇살이 드리우기 전에는 그것이 얼마나 근사한 것인지 알 수 없습니다. 우리는 이 집이 항상 새로운 경이에 가득 차 있음을 압니다. 매일매일 빛의 질에 따라 한날의 푸른빛은 그날만의 푸른빛이며, 다음 날의 푸른빛은 또 다른 날의 다른 푸른빛입니다. 아무것도 고정된 것은 없습니다. 하나의 질료를 가진 전깃불은 다지 하나의 느낌만을 당신에게 줄 것이지만, 햇빛은 하나로 고정되지 않습니다. 그래서 이 집은 우리가 맞닥뜨리는 시간의 순간순간만큼이나 그때그때의 새로운 분위기를 가질 것입니다. 이 집이 건물로 남아 있을 날까지 매일매일의 날들은 다른 날과는 다른 새로운 날이 될 것입니다."

루이스 칸의 연구자 마이클 베네딕트는 이를 "실제에 직접 다가가는 미적 경험"이라 말하면서, "사람들 누구나 세계가 신선하게 지각되는 가치 있는 순간들을 경험한다. 이런 순간의 우리 지각은 감상적이라기보다는 오히려 가치중립적이며, 무욕의 상태로 사물의 존재 그 자체에 직접적으로 반응하면서, 이유를 알 수 없는 기쁨에 그득 차게 된다"라고 썼다.

루이스 칸, 소크생물학연구소의 태평양으로 향해 열린 마당

킴벨뮤지엄에서 시작된 루이스 칸의 이러한 사유는 태평양을 향해 열린 소크생물학연구소의 마당에서 완벽하게 구현된다. 태평양의 위대한 자연에 연동하는 이 마당은 피안과 차안의 문지방에 해당하는 공간이며, 이를 칸은 '볼륨 0의 공간'이라 불렀다.

병산서원 만대루에서 바라보는 낙동강과 병산

이런 관점으로, 조선의 선비들이 만든 공간에 주목해보자. 그들은 공간을 비워두었다. 이렇게 비움을 구축한다는 것은, 그 공간의 성격을 미리 규정하지 않는다는 것이다. 이런 이유로 그 공간은 가치중립적이다. 단지, 점유되기를, 햇빛과 바람과 어우러지길 기다리는 공간이다. 이 '비움'은 이렇게 설명된다.

> "여기서 의도하는 비어 있음은 상실과 외로움의 골이 깊은 허무, 배고픔의 고통이 아니라 고요함, 명료함, 투명성이다. 비어 있음은 소리 없이 반향을 일으키며, 충만해지려는 잠재력으로 완성을 향해 열려 있다. 비어 있음은 순간(시간), 장소, 상황의 사이에 존재한다. 비어 있음은 징검다리의 돌과 돌 사이와 같지만, 우리는 사뿐히 건널 수 있다. 음표 사이의 침묵과도 같으나 우리는 레가토로 부드럽게 연주할 수 있다. 비어 있음은 흔들리는 시계추가 정점에 도달해 멈춤 아닌 멈춤을 하는 바로 그 순간이다."

조선의 선비들은 바로 이러한 '생생불식生生不息'에 주목해 서원書院, 정사精舍, 정亭, 루樓 등의 공간을 창조했다. 그들이 창조한 공간들의 아름다움은 공간 자체에 있지 않았다. 오히려 그 공간에서 내다보이는 풍경, 시시각각 변화하는 장엄한 자연과 교통하면서 생성되기 시작하는, 변화를 본질로 하는 아름다움이 깃든 공간이다.

차이와 변화를 사유한다는 것은 바로 끝없는 자기부정의 과정임을 상기한다면, 장엄한 자연의 변화에 연동하는 이 공간은 바로 미학을 넘어 윤리로 이행하는 통로가 된다. 해서, 그들은 빛과 바람에 끊임없이 출렁이는 나뭇잎의 물살을 닮은 이 공간에서 자신을 성찰했다. 바로 수기공간修己空間이 된 것이다.

수기공간을 조영하면서, 그들은 드넓고 아름다운 자연 속에 자신이 차지하는 공간은 가능한 작고 검소하게 해 오로지 자연을 경외하는 데 힘을 쏟는, 청빈의 미덕이 여실히 드러나도록 했다. 이러한 실천을 통해, 그들은 천·지·인이 합일한 근원의 세계에 이르려고 했던 것이다. 바로 이런 공간은 "남창에 기대어 마음을 다잡아보니, 방은 비록 좁지만 편안함을 알았노라" 하며 고백할 수 있는 기오정신寄傲精神이 발현된 공간이다.

이러한 사유의 전환으로 우리는 '표상주의적表象主義的 건축에서 대상화對象化의 수준을 넘어서는 건축'으로 이행할 수 있게 된다. 어떤 특질을 가진 공간을 모아, 어떤 특별한 장소나 환경을 만든다기보다, 즉 건축에 내재하는 어떤 아름다움을 구축하기보다는, 오히려 환경 또는 땅의 조건에서 건축을 도출하려는 것이다. 모든 것을 쓸어내고 백지로 만든 뒤, 그 위에 새로운 아름다움을 창조하는 것이 아니라, 이미 존재하는 것들 사이에서, 매 순간 또 다른 아름다움이 역동적으로 생성되기를 바라는 것이다.

병산서원 만대루에서 내다보이는, 낙동강과 병산

건축을 하나의 오브제로 보기보다는 환경을 구성하는 하나의 인자로 보는 것이며, 따라서 건축 자체보다는 건축과 건축, 건축과 주변 환경과의 관계에 더 주목한다. 집의 모양을 작가의 의지대로 상상해 창조한다기보다 우선 환경을 잘 살피고, 그 살핀 결과에서 도출된 조건들로 집을 짓는다. 이제 그 공간은 시간에 기대 환경과 어우러지며 멋을 더하게 되고 어느 날, 그 공간은 그곳의 환경을 구성하는 한 인자로 근사하게 변용變容되기를 기대하는 건축. 이는 건축으로 환경을 창조하기보다는, 기존의 환경 즉, 자연과 인간을 향해 윤리를 다하려는 태도이다.

여기 만대루에서 낙동강과 병산을 내다본다. 이 만대루 공간의 아름다움은 바로 끊임없이 장엄하게 변화하는 낙동강과 병산의 아름다움에 동승하고 있다. 이런 뜻으로 나의 '아름다움'은 이제, '바람과 햇빛에 끊임없이 출렁이는 나뭇잎의 물살'을 닮은, 낙동강과 병산을 마주하는 '병산서원 만대루의 공간'으로 바꾸어봄직도 하다.

1950년 서울에서 태어나 경기고등학교와 서울대학교 지리학과를 졸업했고 같은 대학원에서 석사학위를 받았다. 전북대학교, 경북대학교 강사를 거쳐 국토개발연구원 주임연구원으로 일하다 1981년부터 전북대학교 지리학과 교수를 지냈다. 1988년 서울대학교 지리학과로 자리를 옮겨 가르치다 1991년 교직에서 물러났다. 환경운동연합 지도위원, 삼성생명 자문위원이며 현재 녹색대학 풍수풍류학 교수로 일하고 있다.

주요 저서로 『한국의 자생풍수』, 『한국의 풍수지리』, 『좋은 땅은 어디를 말함인가』, 『땅의 논리, 인간의 논리』, 『땅의 눈물, 땅의 희망』, 『닭이 봉황 되다』, 『풍수잡설』, 『도시 풍수』, 『최장조의 새로운 풍수이론』, 『사람의 지리학』 등이 있다.

(최창조 ;)

| 풍수 | 전 서울대학교 |
| 지리학자 | 지리학과 교수 |

최창조 교수는 국내 최고의 풍수 전문가이자, 수십 년간 연구하고 체험한 땅과 사람의 이야기를 '자생풍수'라는 새로운 학문체계로 집대성한 학자이다. 그는 돈 버는 집터나 복 받는 묏자리를 잡는 수단으로 전락한 음택풍수(陰宅風水)를 강하게 비판한다. 오히려 음택풍수로 우리 땅이 병들어간다고 진단한다. 최창조 교수는 "자생풍수는 원래 치유의 풍수였으며 아픈 땅을 보살피고 인간과 자연이 서로 도우며 공생해가는 길을 찾은 것, 그것이 바로 우리가 지녀온 고유의 상생 전통"이라 말한다. 결정론적이고 절대적인 것보다, 인간의 삶에 위로가 되는 자생풍수는 한 걸음 더 나아가 "단칸방에서도 명당을 찾을 수 있다"는 현대인을 위한 도시 풍수까지 아우른다.

자생풍수와
삶의 아름다움_땅도 사람이고
사람도 땅이다

최창조 | 풍수지리학자, 전 서울대학교 지리학과 교수

> 제 아들아이가, 지금은 서른넷인데, 지금도 좀 멍청합니다. 예를 들면 얘가 중학교 다닐 때인데, 큰집에 명절날 모이면 얘 주위에 친지들이 많이 몰립니다. 멍청하니까 재밌죠. 근데 한번은 추석 때인가 아버님 제사 때인가, 친척들 다 모였는데 아들놈이 큰 소리로 이러는 겁니다. "우리 아버지는 의처증이에요!" 이게 도대체 무슨 헛소리인가. 그러니까 아버지가 얼마나 심했으면, 이렇게 친척들 다 모인 데서 의처증이라고 크게 떠드나. 그래서 저희 형님이, 걔를 상당히 잘 아니까, "의처증이 뭔 줄 아느냐?" 물었습니다. "그럼요, 처한테 의지하는 거잖아요." 그래서 모두 웃고 말았는데, 이렇게 멍청한 놈에게, "야, 아름다운 게 뭐냐?" 물었더니, "예쁜 거잖아요" 그럽니다.
>
> "그러니까 예쁜 게 뭐냐고?"
>
> "아, 그거 뭐 다 아는 거 아녜요."

그냥 다 아는 것, 이건 저같이 풍수 전공하는 사람들한테는 굉장히 중요한 말입니다. 예를 들면, 기氣가 뭔지 자꾸 묻는데, 기를 설명할 방법이 사실상 지금도 없습니다. 많은 사람이 수많은 정의를 내려놨지만, 그것으로 설명이 다 됐다고는, 아마 정의 내린 사람도 전혀 그렇게 생각하지 않을 것입니다.

제가 네 잎 클로버를 굉장히 잘 찾아냅니다. 이건 뭐 재능도 아니고 아무것도 아닙니다. 그냥 눈에 띄니까 잘 찾아내는 건데, 제 딸이 "아빠, 어떻게 찾는 거야?" 물어서 "저기 있잖아" 그러니까 "거기 엄마하고 샅샅이 뒤졌는데 없었어" 그래요. "저기 있네." "그거 어떻게 찾는 건데?" 제가 그렇게 예뻐하는 딸인데 방법이 있다면 왜 안 알려주겠습니까? 그냥 눈에 띄는 겁니다. 근데 이 비슷한 얘기가 이외수 씨 소설을 보니까 나오더군요. 이외수 선생의 경험인 듯도 한데, 강원도 산골에 분교 선생님으로 가셨는데, 산골에서는 겨울잠 자는, 개구리가 영양식이죠. 근데 한 녀석이 기가 막히게 개구리를 잘 찾아내더랍니다. 그래서 방법이 뭐냐 그랬더니 "저 있잖아요" 하더랍니다. 이 역시 마찬가지죠. 그냥 아는 건데 자꾸 방법을 알려달라 그러면 거기서부턴 참 난감하죠.

이런 것들이 설명이 안 되니까 거기서 사기가 나올 수도 있습니다. 그러니까 무슨 자기만의 방법이 있는 것처럼 사기를 치는 거죠. 그런데 저로서는 좀 안타깝게, 네 잎 클로버는 지금 유전자 조작으로 제주대학 생물학과 팀에서 80퍼센트 이상 나오게 했답니다. 도대체 그걸 만들어서 뭐 하자는 건진 모르겠지만, 그래서 백화점에서도 팔고 그러더군요. 선물용으로 말입니다. 그걸 받으면 기분도 좋아지고 성의를 느끼겠지만, 저야 뭐 그냥 가서 뽑아오면 되는 건데, 하여튼 그렇습니다.

이렇게 네 잎 클로버를 찾는 일처럼 아름답다는 것도 말로 설명하기가 참 어렵습니다. 아름다운 것은 예쁜 것인데, 그 예쁘다는 것이 도대체 뭔데, 이렇게 물으면 잘 모르겠습니다. 거기서부터 정말 고민이 되더군요.

그래도 제 전공이 풍수이니, 그냥은 두서없이 말씀드려보겠습니다. 저는 1950년 1월 3일생으로 띠로는 그 한 해 전인, 그러니까 1949년 소띠입니다. 그래서 한국전쟁 직전에 태어나 어린 시절은 완전히 전쟁 뒤끝에서 살았습니다. 전후의 어수선한 환경은 1960년대 초중반까지도 이어졌습니다. 당시엔 청량리 근처 피난민촌에 살았는데, 길가에 집들이 있고 길 가운데 전찻길이 두 가닥 나 있었습니다. 전찻길을 따라 플라타너스 나무가 쭉 세워져 있고, 그 옆으로 차도가 있었습니다. 지나다니는 차는 하루에 몇 대뿐이었습니다. 지금 생각하면 말만 서울이지 사실은 농촌이나 마찬가지였습니다. 그 일대가 논 아니면 미나리꽝이었으니 사실상 농촌이었는데, 지금 제가 기억하는 당시 청량리의 풍경은 어쩔 수 없는, 그냥 아름다운, 낭만적인 것으로 남아 있습니다. 지금 기준으로는 전혀 아름답지 않았는데도 그렇습니다. 당시엔 아마 지긋지긋했을 겁니다. 피난민촌에 점심 먹는 아이들은 없었고, 밀가루도 없어서 우윳가루를 배급받다가 물에 개어 쪄서는 과자처럼 만들어서 그걸 점심으로 먹었던 그런 시절이니, 전혀 좋지는 않았습니다. 그런데도 그때를 아름답다고 느끼니, 지금 제가 아름다움을 얘기한다 한들 그 진위를 저 자신도 믿을 수가 없습니다.

풍수 전공자가 '땅이 아름답다' 라는 표현을 쓴다면 일반적으로 '명당'이라고 이해할 수 있습니다. 명당은 기본적으로 평온한 겁니다. 마치 어머니의 품처럼 속 편한 그런 장소. 마음이 평온하면 아름답게 느낄 수도 있겠지요. 그러니까 명당은 '아름다운 곳' 이 되는데, 이론상으로는 그렇게 말씀드릴 수 있지만, 저는 이것으로만 아름다움이 성립된다고 보지는 않습니다.

그런데 땅을 다룬다는 것은, 뭐든 그렇겠지만, 상당히 어렵습니다. 여기서 더욱 어려워지는 것은 마음을 평온하게 해주는 곳이 명당인데, 이 평온한 마음이라는 게 또 뭔지, 생각해봐야 한다는 것입니다. 유아기에 느끼는 평온하고 어른이 되어 느끼는 평온은 또 다르죠. 그런데다가 일반적으로 풍수라고 하면, 아마 많은 사람이 산소 자리나 집터를 잘 잡아 후손이 득을 보고 좀 잘살아보자, 출세해보자, 발복發福과 발음發蔭, 그런 기술이 아니냐고 이해를 하실 것입니다. 뭐, 그런 부분이 상당히 있습니다.

그런데 제가 지금까지 해온 것은 그런 풍수는 아닙니다. 저 자신을 포함해 종교와는 관계없이, 죽은 다음은 잘 모르겠습니다. 그러니 돌아가신 부모님의 시신이 땅속의 좋은 기를 받으셨다 하더라도 그것이 제게 전달된다는 그런 생각은 조금도 없습니다.

퇴계 철학을 하는 선배 얘기를 들어보니 죽음을 대하는 생각은 결국 두 가지라고 합니다. 생각이라기보단 보내는 마음이 될 거 같습니다. 산 사람 위주니까요. 하나는 차마, 차마라는 게 있다 그래요. 차마 돌아가셨지만, 그냥은 보내드리지 못하겠다. 그래서 삼년상이니 여러 가지 제례의식이 나타나는 것이고. 그렇다고 돌아가신 분만 생각하면 산 사람 일은 또 엉망이 되니까, 그럼에도 떠나 보내드려야 한다. 이 두 가지 측면으로 이루어진다 그래요.

얼마 전 전철을 타고 가다가 심심해서 일본의 괴기소설을 읽는데, 마침 '진정한 아름다움이란 갈등과 정복의 가능성이다' 그래요. 이건 또 무슨 헛소린가 하는 생각으로 읽는데 갑자기 몸이 굉장히 안 좋은 분이 타서서는 제 앞에 서시는 거예요. 저도 실은 몸이 안 좋은데, 일단 일어났죠. 그런데 그분이 "관이 비슷한 거 같은데 그냥 앉아 계시죠" 그럽니다. 그래서 다시 앉아 책에 있는 말을 좀 생각해봤습니다.

갈등과 정복 그리고 아름다움, 확실히 그렇습니다. 명당이라는 것엔 그런 요소가 있습니다. 저희 집은 화장해서 수목장으로 하기로 큰댁 누님 댁까지 전부 약속을 했습니다만, 아버님은 30년 전에 돌아가셔서 신소가 있습니다. 그곳에 가보면 이건 뭐 이론적으로 전혀 명당이 아닙니다. 묫자리를 쓸 때 지금은 돌아가신 당대 최고수라는 두 분이 오셔서 보신 다음에 "6개월을 버티지 못할 거요", "여기 임시매장도 하지 말고, 5일장이나 7일장으로 늘여서라도 다른 데를 알아보라" 그러셨습니다. "뭐가 안 된다는 겁니까?" 그랬더니 "참척이 일어날 가능성까지 있소" 그럽니다. 참척이라는 건 자식이 죽는다는 얘긴데 이건 정말 못 견딜 일이죠. 저희 형님이, 물론 상주니까, "야 네가 한 번 가봐야 하겠다" 그러시는 겁니다.

아버님은 풍수를 아주 싫어하셨던 분인데, 저는 당시 아버님께서 어디에 자리를 잡아놓으셨는지 몰랐습니다. 전북대학교에 있을 땐데, 아버님은 서울에서 돌아가셨으니 어쩔 수가 없었죠. 그래서 가봤습니다. 아버님 생전에 수원 비행장 확장 공사로 토지 수용을 당한 적이 있었습니다. 보상금이라는 건 사실상 없었습니다. 이사 비용 쪼끔 주는 정도로 거의 쫓겨나 그 쪼그마한 돈 가지고 더 산골인 여주와 양평의 경계에 있는 어느 야산을 3천 평 정도 사들이셨는데 결국 개간은 못 하시고 돌아가셨습니다. 그런데 내가 죽으면 이 자리에 이쪽을 보도록 묻어줬으면 좋겠다, 새끼까지 묶어놓으셨고 땅에도 표시해놓으셨더군요. 제 느낌에는 아버님의 성격 그대로더군요. 이게 정 북향이었습니다. 당연히 풍수 이론에서 일단 금기시하고 들어가는 원칙부터 어겼던 겁니다. 그러다 가만히 살펴보니 제 생각엔 아버님이라면 바로 이 자리에 앉으셨을 테고 또 이렇게 돌아서서는 이쪽을 보게 해라, 그게 좌향이죠. 아버님 성품 그대로기에 집에 와서 형님께 말씀드렸더니 네가 그렇게 생각한다면 그렇게 하자, 해서 그렇게 모셨습니다.

올해에 아버님까지 수목장으로 바꿀까 했지만, 딸아이가 시집을 가기 때문에, 이건 또 어쩔 수 없이 지켜줘야 해서, 그것만은 남들이 하는 대로 하는 게 좋지 않겠느냐, 집안에 경사 있을 때 그런 거 하는 거 아니다, 그럼, 내년 봄에 합시다, 그래서 넘기긴 했습니다만, 그렇게 되겠죠. 이것을 '차마'라는 것과 연결을 해보면, 이렇게 아름다움이 갈등에서 시작하는 것이라면, 아예 매장을 하지 않는 것도 방법입니다. 그럼 땅과 갈등을 일으킬 필요도 전혀 없습니다.

지는 아비님 산소를 꽤 좋아했는데, 지금도 좋아합니다. 형님은 30년이 지났는데도 한 달에 한 번은 형수님하고 두 분이 꼭 가십니다. 거기가 그렇게 마음이 편하고 좋다 그래요. 당대 최고의 풍수 지관 어른들이 절대로 안 된다, 그런 땅인데 지금까지 저희 집에는 뭐, 참척은 물론이고 별일이 없었습니다. 명청한 제 아들만 "아부지 서울대에서 쫓겨났잖아요" 이런 소리를 해서 가끔 속을 뒤집어놓는데, "쫓겨난 게 아니다. 내가 나왔다" 그래도, "에이, 쫓겨난 거죠" 합니다.

모자란 땅과 모자란 사람의 만남

아름다운 곳이 곧 명당인데, 풍수가 산소 자리 잘 잡아서 덕 좀 보자는 게 돼버린 것은 고등학교 교과서에 풍수가 그런 식으로 소개돼버린 탓도 있습니다. 게다가 국사 교과서에선 풍수가 통일신라 말 중국에서 수입된 것이라 단정하고 있습니다. 그러나 그렇지 않습니다. 우리에겐 '자생풍수'라는 게 있습니다. 이 증거는 현장에서 찾아낼 수밖에 없는데, 대체로 『고려사』와 『조선왕조실록』을 비교해보면 음양잡과 혹은 지리음양과에 과거시험 과목에서 교과서가 고려시대와 조선시대가 완전히 다릅니다. 100퍼센트는 아니지만 거의 달라요. 고려시대에 썼던 풍수서는 우리나라 사람이 저술한 『도선산천산림비기』를 포함해 우리 책이 대부분을 차지합니다. 그런데 『조선왕조실록』에 나오는, 그러니까 『경국대전』의 규정이죠, 거기 보면 이건 뭐 100퍼센트 중국에서 수입된 책들로 돼 있습니다. 이런 점이 간접적인 자생풍수 존재의 증거가 되겠죠. 그리고 남한 땅도 물론입니다만, 북한 땅의 고려 유적지를 보면 상당히 근거가 있어요.

풍수 쪽에선 '보지 않은 것은 말하지 마라'라는 금언이 있는데, 1997년 마침 북한을 갈 기회가 있어 이곳저곳 살펴보게 되었습니다. 그쪽 사람들이 뭐 금강산·백두산·의왕산 어쩌고 하기에 거기 갈 거면 평양에 있겠다, 이렇게 우겨 함경도와 개성 일대의 고려 유적지를 돌아봤습니다. 만월대와 왕건릉부터 공민왕릉까지 고려 왕릉도 몇 군데 봤습니다.

공민왕은 사실상 고려의 실질적인 마지막 임금이죠. 그 후엔 뭐 혈통까지도 좀 의심스럽다고 하니까. 거길 가봤더니 우선은, 마침 저를 안내했던 김일성대학 고고학과 리정남 교수가, 사람이 상당히 좋은데, 이 사람이 그래요. "내가 조교 할 때부터 고려의 모든 왕과 왕비 능의 발굴에 참여했다. 그랬는데 공민왕릉을 제외한 모든 왕과 왕비의 능은 화장이었다." 그러니까 관과 곽은 발견되지 않았고 유골단지, 유골함, 이거만 발견됐다는 것인데, 이는 지금까지 보통 사람들이 생각하는, '풍수에서 화장은 금기시한다'는 것과는 완전히 벗어난 이야기가 됩니다.

고려 왕조는 불교의 선종과 풍수, 이 두 가지를 국가 지배 이데올로기로 삼았던 왕조인데, 그런 데서 화장을 했다면, 그건 자생풍수가 있었다는 증거입니다. 그리고 상식으로도 화장하려면 돈이 많이 듭니다. 당시엔 '부천지하 막비왕토溥天之下 莫非王土 솔토지빈 마비왕신率土之濱 莫非王臣'이라 하여 '하늘 아래 왕의 땅 아닌 게 없고 땅의 백성 가운데 왕의 신하 아닌 자 없다'는 『시경』의 말대로 아무 데나 갖다 모시면 되었지만, 화장을 하려면 그것도 제대로 하자면 사흘 밤 계속 불을 지펴줘야 고운 뼈를 추려낼 수가 있으니, 이게 보통 돈이 드는 게 아닙니다. 웬만한 사람이 아니면 아예 화장을 할 수도 없었죠.

또 하나, 자생풍수를 이해할 결정적인 열쇠는 예부터 내려오는 이른바 '명당'을 들여다보는 것입니다. 명당이라는 것이 아름다운 곳, 이렇게 돼야 할 텐데 이상하게도 제가 살펴본 고려시대의 명당이 대부분이 문제가 심각한 곳이었습니다. 그것은 남한도 그렇습니다.

자생풍수를 주장하는 저를 포함해 정통 사학자들도 풍수의 시조는 도선국사라고 이해합니다. 도선국사가 무려 1천300개의 절을 잡았다고 하는데, 이 양반이 지은 절은 대부분 폐사지가 되고 말았습니다. 이 양반이 돌아가시던 해에 성불사라고 하는 절 두 개를 짓는데 하나는 남쪽의 천안에, 또 하나는 황해북도 사리원의 정방산성에 지어요. 정방산성의 성불사는 가곡에 나오기 때문에 절 이름은 대부분이 아실 겁니다. 성불사 깊은 밤에, 뭐 주지는 없고 관리인만은 있더군요. 가서 보니까 산성치고는 말이 안 되는 게 정문 옆에 문도 안 달린 수문이 좌우에 세 개씩 있습니다. 제가 키가 168센티미터쯤 되는데 마음대로 서서 들락날락할 수 있었습니다. 그러니까 산성의 기본 요소인 방어는 신경도 안 쓰고 만든 거 아닌가 하는 생각이 들 정도로 엉망이더군요.

황주정방산성지도(黃州正方山城地圖)

분지 위쪽으로 한참 올라가니 성불사가 나타나는데 성불사 바로 밑에 연못이 한 일곱 개 정도 있었습니다. 원래는 세 개였습니다만, 자기네 위대한 무슨 수령인가 누가 와서 이거 더 파라, 그래서 팠답니다. 관리인에게 "혹시 여름에 여기 물이 들어오면 어디까지 들어옵니까?" 그랬더니, "아유, 대웅전 마루 밑까지 그냥 다 차고 어떤 때는 대웅전까지 들어옵니다" 그럽니다. 여긴 완전히 상습 침수지대입니다.

정방산성이란 게 뭐냐 하면 네모 반듯한, 정방형으로 둘러싸인 분지들 에둘러 지은 산성입니다. 그 가운데다가 지은 절이 바로 성불사입니다. 그러니까 상식을 가진 사람이라면 거기에 절이건 뭐건 입지立地하질 못하죠. 그런데 1천300개의 절을 지었다는 도선국사는 꼭 그런 데만 찾아다니며 절을 지었습니다. 그가 했건 그의 제자의 제자가 했건, 그 절들이 대부분 폐사지가 된 것은 그런데 자리를 잡았기 때문입니다.

이 사람들은 그 땅이 아파서, 혹은 화가 났기에 고치고 달래고자 절을 짓고 탑을 세웠다, 즉 침을 놓고 뜸을 떴다는 것입니다. 생각해보면 상당히 실용적인 조치를 한 셈이에요. 정방산성만 보더라도 그 아래로 펼쳐지는 평야가 연백평야로 황해도에서 가장 중요한 곡창지대죠. 이 연백평야의 수원지가 바로 정방산성이 됩니다. 그러니까 그 수원지만 잘 지키면 홍수 피해를 상당히 막을 수가 있죠. 기록을 보면 승려만 천여 명이 상주하고 있었습니다. 그러니까 딸린 식구까지 하면 한 2천 명은 되었고, 이게 과장이라고 그래도, 최소한 몇백 명은 있었을 겁니다. 그렇다면, 그들만으로도 급한 일이 생겼을 때 초기 인력을 투입할 수 있었고, 평상시에는 감시인 역할로서도 아주 괜찮았을 겁니다.

그러니까 명당이라고 얘기는 하지만 이건 아름나운 그런 식의 명당이 아니라 심각하게 병든 명당이라는 것이죠. 하도 대표적인 곳이라 예를 들었을 뿐이고, 남한에도 실은 상당히 많습니다. 상당히 많은 정도가 아니라 매우 많아요. 이는 땅으로부터 득을 보자는 것이 아니라, 땅을 고치고 다듬어 우리가 의지하기 편안한 곳으로 바꾸자는 것입니다. 땅으로부터 빼앗기만 하는 것이 아니라 서로 돕자는 공생共生 사상인 셈이지요.

그런데 이렇게 명당조차도 병든 땅을 명당이라고 얘길 한다면, 풍수에서 아름다움이라는 게 도대체 뭘까?
아무래도 조금 모자라는 것이 아름다움의 본질이 아닐까, 땅의 아픈 곳, 그것을 고치려는 시도가 자생풍수의 기본 사상이라고 말씀드렸는데, 이렇게 아름답다고 느끼는 정감 뒤에는 그것을 바라보는 사람의 시선, 뭔가 부족한 것을 채워려는 정성, 뭐, 이런 연민의 정이 뒤에 깔린 게 아니냐, 감춰져 있는 게 아니냐, 이런 생각을 하게 됩니다.

사람도 그렇습니다. 완벽한 땅이 없듯이 완벽한 사람도 없습니다. 요즘은 말라야 아름답다고 합니다만, 튼실한 사람, 더 노골적으로 얘기하면 좀 뚱뚱한 사람에겐 연민을 느끼기가 쉽지가 않습니다. 그래서 기를 쓰고 마른 사람이 되려고 하는 건 아닐까, 연민을 일으키려고 말입니다.

아름다워지려고, 더 정확하게는 예뻐지려고 최근엔 성형수술이 유행하더군요. 성형수술의 기원을 보니까. 여기에도 연민의 정이 잠재하고 있더군요. 19세기 매독이 창궐해 성형수술이 성행했다, 이런 기록이 있던데, 매독으로 코가 뭉개진 사람들이 코를 높이는 수술을 받고 열등감을 고치려는 데서 바로 성형수술이 등장했다는 것입니다. 열등감이라는 것도 결국 연민을 불러일으키는 요소라는 점은 부인하기는 어렵습니다. 연민과 아름다움 사이에 성형수술도 한몫한 셈이죠.

또한, 인간과 완벽하게 격리된 그런 땅, 인간의 손이 전혀 타지 않은 그런 동떨어진 자연을 과연 아름답다 할 수 있겠는가, 하는 문제도 있습니다. 사실 풍수는 사람과, 삶과 관계되지 않는 것에는 관심을 두지 않습니다. 예를 들면 사막, 이런 것은 우리나라엔 있지도 않지만, 고산지대나 설원, 이런 사람이 살지 않는 데에는 전혀 관심을 보이지 않습니다. 이는 중국 풍수도 마찬가지입니다. 풍수는 사람 사는 데를 보기에, 도시가 풍수의 대상이 되는 것이 전혀 이상한 일이 아닙니다.

그러나 자연을 둘러싼 사람들의 통념은 지금까지도 대체로 전원적입니다. 인간과 동떨어져 있는 웅장하고 신비로운 자연을 동경하는 것이지요. 이렇게 신비하고 웅장한, 사람이 없는 그대로의 '자연'에서 삶의 자리를 찾을 수 있겠는가. 삶이 아마 굉장히 어렵거나 불가능할 겁니다.

물론, 고적함을 즐기려는 사람들도 많습니다. 국립공원 같은 데서도 단체 행락객을 제외하고 평일에 조용할 때 오는 사람들을 보면 대부분 차분하게 자연을 즐기는 사람들입니다. 이 사람들은 사람을 피해서 산에 옵니다. 반대의 경우도 있습니다. 제가 전북대학교에 있을 때 보면, 그쪽 변산반도에 좋은 해수욕장이 여러 개 있는데도 기를 쓰고 해운대를 가더군요. 저녁 뉴스를 보면 도대체 그게 무슨 목욕탕인지 뭔지도 모를 정도인데 가까운 변산반도를 놔두고 사람들이 해운대를 갑니다. 그래서 "도대체 거길 왜 갑니까?" 그랬더니, "아 거길 가야 그래도 해수욕하는 맛도 나고, 사람 구경이란 것도 있잖습니까?" 그러니까 모든 사람이 사람을 멀리하고 혼자 있기를 좋아하는 것은 아닌 것 같습니다. 반나절이면 온 동네 사람을 다 만나는 조그마한 소도시나 농촌에서 너무 답답함을 느낀 나머지 더 큰 세상으로 나가려는 드라마나 소설의 주인공을 자주 만날 수 있듯이 말입니다.

풍수 또한 사람을 중시합니다. 가끔 환경 운동 하는 분 중에 풍수를 오해하시는 분들이 계십니다. 그래서 제게 연락을 해오는데, 좀 과장해서 말하자면, '풍수 하는 사람들은 자연을 보호하는 마음이 있고 좀 반 문명적이다' 이렇게 생각하시는 것 같습니다. 심지어 어떤 분은 처음 만날 때, 선입견을 잔뜩 지니고서 "아, 커피 못 드시죠?" 합니다. 커피를 왜 못 듭니까? 달게만 해준다면.

역시 우리는 이 넌더리나는 인간관계에서 벗어날 수 있어야 제대로 된 자연이라고 생각하는 측면이 있습니다. 거기에 물론 고적함이 포함되죠. 나만 있는 곳, 혹은 내가 좋아하는 사람과 나만 있는 곳, 이런 곳을 동경하면서 우리는 '자연'을 떠올립니다. 그러니 자연에 관한 인간의 통념은 어쩔 수 없이 이기적이 돼버립니다. 제발 좀 오늘만이라도 좀 인간관계 떠나가지고 좀 살아보자는 것입니다.

1950년대 중반에 청량리 피난민촌에 살다 보니까, 아버님이 여기저기 먹을 것, 땔나무 같은 것을 구하러 양평이나 가평 이런 쪽을 많이 다니셨는데, 거길 쫓아가서 보면 한적한 산촌입니다. 산마을에 초가집들이 있고 그 안에 닭이 병아리를 몰고 다니는 그 광경이 지금 눈에 선합니다. 하여튼 노랗고 조그만 놈들이 그냥 죽기 살기로 엄마 닭을 종종 따라다니는, 지금 보면 그건 물론 아름답게 보입니다. 똥개들도 느긋하게 걸어 다니니 그조차 평온하게 보이고, 조금만 나가면 논 지나 개천이 있는데 새파랗게 맑은 물에 다슬기, 가재 이런 건 돌덩이만 들치면 도망가기 바쁜, 그런 판입니다. 이런 것이 제 마음속에 자연으로 남아 있는 것은 사실이지만, 그러나 그때도 거기서 사흘 밤을 자고 났더니 도저히 여기서 더는 못 있겠다, 이렇게 되더군요. 그러니까 서울이건 어디가 됐던, 제가 살고 있던 복잡하고 더러운 난민촌이 오히려 그립지, 일반적으로 얘기하는 그와 같은 자연에선 일시 머무르기는 좋지만, 주住 하기는 좋지만, 살기에는, 거居 하기에는 맞지를 않는다는 느낌이 들었습니다.

얘기가 좀 길어지는데, 정리를 해보면, 풍수를 연구하고 곳곳을 답사하면서 느낀 점은 아주 간단합니다. 땅을 사람 보듯 하면 된다. 이게 사실 풍수의 결론입니다. 완벽한 사람이 없는 것처럼 땅에도 완벽한 땅은 없습니다. 이건 풍수 교과서에도 나옵니다. 풍수무전미風水無全美, 풍수에 완전한 아름다움은 없다.

모든 과목에서 A+를 받는 학생이 있다, 그럼 전 그 학생을 못 믿겠습니다. 그런 분께는 정말 죄송한데, 전 그런 학생이 있다면 신경정신과에 가 진찰을 받아보는 게 좋겠다 생각합니다, 어떻게 그렇게 완벽합니까? 땅도 마찬가지로 그런 땅이 있다면 피하는 게 좋습니다. 이렇게도 말씀드릴 수가 있죠. 그런 땅을 만약 찾아냈고, 정말 그렇다면, 그 담에는 더는 바랄 게 없습니다. 아주 지루해지거나, 아니면 결점이 나타나기 시작하면 실망이 너무 커집니다. 그러니까 최상을 찾더래도 A급 이상은 안 찾는 게 오히려 낫습니다. 그거면 최상입니다.

사람이나 땅이나 첫인상으로 좋다 나쁘다로 모든 것을 다 평가할 수는 없습니다. 오히려 맞느냐 맞지 않느냐의 문제지, 좋다 나쁘다의 문제는 아닙니다. 저는 소위 말하는 토산을 좋아합니다. 지리산이나 덕유산을 좋아하는데, 주위에는 설악산, 금강산 뭐 이런 아주 악산들을 좋아하는 사람들도 많습니다. 바위가 많은 산을 좋아하는 사람들이 있는데, 이럴 때 어느 쪽이 더 좋은 산이냐? 그건 얘기할 수가 없습니다. 제게 좋은 산은 이쪽이고, 그 사람에게 좋은 산은 그쪽입니다.

취향과 경향성도 있습니다. 제가 학교에 있을 때, 인문 계열 선생님들과 등산을 가면 대체로, 이 양반들은 초장서부터 산꼭대기는 올라갈 생각을 별로 안 하고 밑에서 그냥 막걸리판부터 벌입니다. 근데 사회과학 하시는 분들은 처음부터 전투적이더군요. "오늘 저기를 정복하고." "뭐 좋으실 대로." 그러고는 정상에 올라 "야, 이게 산에 오르는 맛이야!" 이럽니다. 물론 내려와서 술 마시는 거는 거기도 마찬가지지만, 전혀 다릅니다. 산꼭대기를 좋아하는 분이 있고, 밑에 오목한 곳에서 아늑하게 막걸리를 퍼마시며 그걸 명당이라고 생각하는 분도 있습니다. 이럴 때 어느 분의 기준을 따라서 명당이라고 해야 하는지, 어느 분의 기준이 맞는지, 그건 잘라서 말할 수가 없습니다.

사람도 마찬가집니다. "아, 쟤는 저 사람이 좋대? 좀 이상한 애 아냐?" 그러면 어떻습니까? 제 눈의 안경이라는데. 그러니까 사회적으로 나쁜 짓만 하지 않는다면 좋다, 나쁘다, 혹은 아름답다, 아니다의 문제는 그야말로 주관적입니다.

지리산, 덕유산을 말씀드렸는데, 지금까지 가보면서 제일 편한, 소위 저만의 명당이 제주도 동쪽 끝에 있는 우도였습니다. 지금은 뭐 완전히 관광지가 돼버렸던데, 1960년대 초반에는 제주도 사람들도 "우도? 우도가 있지" 정도로 잘 몰랐던 곳이었습니다. 그때 가보니까 산 중턱, 우도는 봉우리 하나로 이루어진 섬입니다만, 거기 중턱에 제주도식 공동묘지가 있더군요. 공동묘지라기보단 마을 사람들이 그냥 이렇게 옹기종기 써논 곳이었습니다.

제주도는 바람이 많고 놀이 많으니까 바람도 막을 겸 돌도 치울 겸 돌담이 밭이건 골목이건 죽 늘어서 있는데, 거기 무덤에도 돌담이 사방으로 죽 둘러쳐 있더군요. 당시엔 초봄이었는데 혼자 그 무덤 안에 벌렁 누워서 하늘을 바라봤습니다. 저는 답사를 주로 혼자 다닙니다만, 전문가가 아니면 절대로 혼자 여행이나 등산 다니는 것을 권하지 않습니다. 사회성이 현격하게 떨어져버리기 때문에, 대단히 좋지 않습니다. 그리고 성격이 점점 더 이상해져버리니, 정말 그거는 안 하는 게 좋은데, 아무튼 혼자 하늘을 쳐다보는데, 맑은 날씨였습니다. 거기서 이런 생각이 들더군요. 외로워서 그랬겠지만, '나는 여기서 허무를 배웠다.' 소설을 좀 읽다보니까 어디서 그런 구절을 보았던 모양이죠. "나는 우도에서 허무를 배웠다." 이렇게 메모를 했다가 그다음에 대학에서 나오고 돈벌이로 신문에 연재할 때, 그것을 써먹기도 했습니다.

그러나 우도를 배우긴 해도 허무를 배우진 않았습니다. 허망함을 많이 느꼈을 땐데, 그 허망함이 기분 나쁜 허망함, 아주 가슴 졸이는 허망함이 아니라, 평안한 마음이 차오르는 그런 허망함이더군요. 당신 천성이 그런 쪽 아니냐? 그런 측면이 있습니다. 그렇다고 반사회적이냐? 그건 또 아닙니다. 대충 어울리긴 하는데, 그런 데서 더 마음의 평온을 얻었다는 거는 뭐 어쩔 수 없었습니다.

이런 예라면 지구처럼 좋은 예도 없습니다. 우주선에서 촬영한 지구를 보면, "너무나 아름다운 초록색 행성"이라며 중얼거립니다. 그런데 다음 생각은 "그저 외롭구나!" 하는 것이었습니다.

저는 대단히 잘 쓴 왕릉도 그저 한 사람의 무덤일 뿐이라 생각하는 사람입니다. 요즘은 큰 무덤을 쓰는 사람이 많이 줄었지만 그래도 간혹 있는데, 아무리 거대한 피라미드라도 그래 봤자 무덤일 뿐이니 그런 곳에서 아름다움을 찾지는 않습니다. 주변에서 참 재미없는 사람이다, 도무지 왜 거기서 감동을 안 받느냐? 저도 답답합니다. 구제불능의 불감증이라 할밖에요. 아기들을 볼 때도 그래요. 아기들을 참 좋아하는데, 너무 귀엽구나, 정말 예쁘구나, 생각하다가도 이 예쁜 아기들이 살아나갈 세상살이를 생각하면 암담한 느낌에 빠지게 됩니다.

정리하면, 사람도 땅도 절대적인 존재는 없다는 것입니다. 그러니 제게 '아름다움'은 '알 수 없는' 것이 되어버리고 맙니다. 한 가지 분명한 것은, 추억은 아름답다는 것입니다. 어린 시절 서울 청량리 일대에서 피난살이를 했던, 제 추억 속 풍경은 모두 아름답습니다. 피난민촌이었던 그곳이 사실 그렇지 않았을 테지만, 제 기억은 틀림없이 아름다웠다고 고집을 피웁니다. 그렇다면, 그건 아름다운 것일 테지요. 난감하지만, 진심입니다.

1950년 전라남도 여수에서 태어나 홍익대학교 미술대학 응용미술학과와 공예도안과 대학원을 졸업했다. 1982년 관훈 갤러리 개인전을 시작으로, 1993년 예술의전당에서 열린 개인전 〈소나무〉, 2005년 독일 폴라 갤러리, 2006년 스페인 티센 미술관, 2009년 알함브라 미술관 등 국내외에서 30여 회가 넘는 개인전과 50여 회가 넘는 단체전을 가졌다. 2010년엔 'G20 정상회담'에서 한국 대표 예술가로 선정, 배병우의 사진에 김수철이 곡을 붙여 만든 동영상을 오프닝 작품으로 선보이기도 했다. 주요 저서로 사진 작품을 담은 『바람』, 『빛으로 그린 그림』, 『서울 가든』, 『창덕궁』, 『청산에 살어리랏다』, 『신들의 정원 앙코르와트』, 『소나무』 등이 있다. 현재 서울예술대학 사진과 교수로 일하고 있다.

사진가   서울예술대학
사진과 교수

배병우는 수묵화를 연상시키는 흑백의 소나무 사진으로 세계에 이름을 알린 한국의 대표 사진작가이다. 젊은 시절, 겸재 정선의 '진경산수화'에서 한국적 자연의 상징으로 소나무를 발견한 그는 이후 〈소나무〉 연작을 선보이며 일찍이 사진계의 주목을 받기 시작했다. 계속해서 〈오름〉, 〈바다〉, 〈바람〉 등의 연작으로 한국적인 아름다움의 본질을 사진에 담아온 배병우를 이해하는 키워드는 '자연'이다. 그 '자연'을 담은 빛의 언어는 앨튼 존(2005년 소더비 경매에서 배병우 작품 구입)을 비롯해 세계인의 마음을 움직인 공용어가 되어 2009년엔 스페인 정부 초청으로 알함브라 궁전과 주변의 소나무를 사진에 담았고, 쥐라기 시대의 소나무가 남아 있는 뉴칼레도니아의 자연과 소나무를 작업하기도 했다. 2009년 문화예술 발전 공로로, 문화체육관광부에서 수여하는 옥관 문화훈장을 받았고, 2010년 잘츠부르크 페스티벌 90주년 공식 이미지 작가로 선정되기도 했다.

바람결에
흔들리는 꽃과
풀들

배병우 | 사진가, 서울예술대학 사진과 교수

> 돌이켜보면 나라는 사람은 본래 한 자리에 머무르거나 오래 앉아 있지를 못하는 사람이다. 엊그저께도 바닷가에서 보름간 사진을 찍고 돌아왔다. 그리고 사진 이외의 어떤 일에 머리를 싸매는 성격도 아니다. 그래서 내게 아름다움을 글로 표현하라는 것은 적지 않은 고문일 수밖에 없다.

음악가 김수철 씨가 2010년 G20 회의 때 오프닝 프로그램으로 내 사진을 이용해 5분짜리 동영상을 만들 때도 그랬다. 뭐 이것저것 의논을 하자는데, "그냥 네가 다 알아서 해라" 그러고 말았다. 그것도 그때는 보지도 않았다가 한참 시간이 지나서 보고는 음악 하는 사람들이 참 대단하다는 생각을 했는데, 능선과 소나무 사진만 가지고 뭐랄까 우리 민족에 깃든 평화의 이미지를 제법 잘 표현해냈다는 느낌이 들었다.

〈Mountain series〉

아무튼, 사진 작업을 하면서 음악 하는 사람들과 인연이 제
법 깊어 내 사진을 쓰겠다 하면 무조건 다 쓰라고 그러기는
한다. 그게 또 인연이 되어 2010년엔 '모차르트 음악 페스
티벌 90주년' 메인 작가로 선정되는 영광을 누리기도 했다.
오스트리아에서 매해 한 작가를 선정해 포스터도 만들고
쇼핑백도 만들고 거리에 영상물을 만드는데 내 작품이 쓰
인 것이다. 덕분에 모차르트 페스티벌에 초청받아 15일간
오페라도 보고 음악회도 보고 이리저리 구경 다니는 호사
도 누려보았다.

그러다 그곳에서 우연히, 근무하던 은행을 그만두고 뒤늦게 사진을 전공한다는 20대 후반의 여학생을 만났는데, 선뜻 건네는 명함을 들여다보니 "Photo writer" 이렇게 적혀 있었다. 자기는 사진으로 글을 쓰는 사람이라고 소개하면서 명함을 주는 것이었다. 어떤 면에서 말이 되고 핵심을 짚은 이야기다라는 생각이 들었다. 대부분 사람이 사진을 이야기하지만, 사실은 어떤 매체에 어떻게 사용하느냐는 문제로 많은 이들이 혼란을 겪는 것도 사실이다. 사진 자체에 이야기를 담는다는 것은 그만큼 어려운 일이기도 하다.

사진은 빛으로 그린 그림이다. 나는 이 말을 좋아해서 이왕이면 나는 "Photo painter"로 불리길 원한다. 그러니까는 너는 writer니? 나는 painter야 이렇게 이야기하니 옆에 잘츠부르크 작곡과 교수로 계신 분이 "배 선생, 내가 볼 때는 당신은 painter가 아니야, poet이야" 이러는 것이었다. Photo poet.

⟨Sonamu series⟩

화가가 그림을 빨리 그리려고 사진기를 발명한 게 르네상스 전이다. 그리고 그 사진기에 나타난 영상을 어떻게 하면 붙잡을 수 있을까 연구에 연구를 거듭해서 1839년에 비로소 그 이미지를 붙잡게 된다. 그렇게 영구 이미지를 만들었고 현재 디지털까지 진전된 것이다. 그러니까 사진은 붓이나 연필 대신 카메라를 들고 뭔가를 창조해내는 장르인 셈이다. 그리고 그것으로 무엇을 어떻게 쓰느냐에 따라서 내용이 달라지는 것이다. 그러고 보면 지난 30년간 나는 아름다움을 쫓아다닌 셈이었다. 아름다움이 뭔지 지금도 잘 모르지만, 나는 그것이 자연에 있다고 느꼈고 그렇게 느낀 순간들을 사진에 담아왔다.

2000년 노벨 문학상을 받은 중국 출신 소설가 가오싱젠高行健이 지난 5월 서울에 와서 이런 말을 하고 돌아갔다.

"니체는 신이 죽었다고 말했는데, 나는 아름다움이 죽었다고 말하고 싶다. 지금은 모든 것이 예술이 될 수 있는 시대다. 그러나 과연 심미적 가치를 어디다 둘 수 있는가, 아름다움이 과연 어떤 의미인가, 아름다움이라는 것의 존재 이유가 무엇인가? 앞으로 이런 주제로 글을 쓰고 싶다."

그의 말에 전적으로 공감이 간다. 그러면 왜 금세기에 아름다움이 죽었을까. 그건 근본적으로 사람들이 욕심을 너무 내서 자기 공간을 자연 속에 너무 많이 확장시킨 탓이 아닐까. 아름다움이 잠식당하고 사라지는 것이다.

나의 이런 생각은 최근에 2주간 다녀온 뉴칼레도니아에서 한 번 더 확인할 수 있었다. 뉴칼레도니아에 간 이유는 소나무 때문이었다. 그곳에도 소나무 섬이 있었고, 그것을 찍어달라 해 초청을 받아 소나무를 찍고 돌아왔다. 남태평양 한가운데 있는 뉴칼레도니아는 남한의 3분의 1 정도 크기의 기다란 섬에다 조그만 섬이 세 개로 이뤄져 있는데, 25만 인구 대부분이 수도 누메아에 모여 살고 나머지는 그대로 자연이다. 나는 그곳에서 사람의 손을 타지 않는 자연이 품은 아름다움이라는 것이 무엇인지 새삼 깨달을 수 있었다. 그 자연 앞에서 나는 내가 '아름다움'이라 부르는 어떤 것을 초월한다는 느낌을 강하게 받았다. 나는 그저 사진에 담는 수밖에 다른 도리가 없었다.

그렇다고 손이 전혀 타지 않은 완벽한 자연만이 아름다울까? 꼭 그런 것은 아니다. 내가 아름답게 느끼는 곳 중 하나가 창덕궁 뒤 비원이다. 사람 냄새가 나는 곳이지만, 덜하지도 더하지도 않게, 말 그대로 너무나 자연스럽게 자연과 어우러진 모습이 그렇게 좋을 수가 없다.

〈Changdukgoong seires〉

소동파蘇東坡가 왕유王維의 그림을 평하면서 "그림 속에 시가 있고 시 속에 그림이 있다畵中有詩 詩中有畵"라는 유명한 말을 남겨, 이 전통이 이른바 동양화의 특징이 된다. 동양 전통에선 일필로 그려낸 기운생동氣韻生動과 품격 있는 문기文氣가 어우러진 그림을 높이 샀다. 명대 후기에 서예가이자 화가로 활동한 동기창董其昌이란 분은 "아름다움을 얻으려면 만 권의 책과 만 리를 여행해야 한다"고까지 했는데, 여기에도 아름다움을 대하는 같은 줄기의 태도가 보인다.

바람결에 흔들리는 꽃과 풀들 | 배병우

이분들의 수준에까지 미치시는 못했으나, 숱한 여행에서 내가 느낀 것을 정리해보면, 아름다움이란 천천히 알아가는 어떤 과정 속에서 피어나는 것이지 하루아침에 불쑥 찾아오는 것이 아니다. 내 사진에 시가 있고 그 시 속에 내 사진이 있는지는 아직 잘 모르겠지만, 내가 painter인지 poet인지 그 또한 확실히 모르겠지만, 그런 자세로 혹은 그런 느낌을 살려 그간의 작업을 해온 것은 사실이다.

〈Sonamu series〉

〈Sonamu series〉

소나무와 오름과 바다는 오래전부터 혼자 생각하며 그것에 말 그
대로 푹 빠져 해오던 작업이었다. 종묘와 창덕궁, 알함브라는 의
뢰가 들어온 것이지만, 그 나름의 즐거움이 있었다. 앙코르와트
도 빼놓을 수 없다. 이런 작업은 모두 1년 이상 공을 들였다.

⟨Baram⟩

⟨Sea series⟩

고향이 바닷가 여수라, 나는 바다를 좋아한다. 소나무를 찍게 된 것은 '과연 우리가 지닌 아름다움의 정체성이 무엇일까'라는 내 안의 화두 때문에 서른세 살부터 시작한 일이었지만, 바다는, 언제나 그곳에 가기만 하면 절로 좋다. 내 개인전에 폴란드 친구가 와서 바다 사진을 보며 좋은 이유는 생명, 인류의 시원이 바다라 그렇다고 했다.

지금은 제주를 찍고 있다. 제주도를 찍으며, 나는 세 가지를 염두에 두고 있다. 돌과 바람과 여자. 그런데 나는 사람을 본격적으로 다뤄본 적이 없다. 제주도에서 찍은 여자는 오름이다. 오름이 바로 제주 여자이다.

〈Orum series〉

〈Sea series〉

내 외모는 자못 동물적으로 생겼지만, 성격은 너무나 식물적이다. 꽃과 나무만 보면 막 흥분이 된다. 아름답고 그냥 기분이 좋다. 햇살이 가득해도 좋고 비가 와도 좋다. 바람이 불면 바람이 부는 대로 그냥 나무와 함께 숲에 있으면 좋다.

〈Tahiti〉

한 번은 도쿄현대미술관에서 전시 도록을 만들었는데 친하게 지내는 일본인 평론가 친구가 서문에 "자연이 인간계에다가 배병우를 내보냈다. 자연이 뭔지 인간이 알도록 자연계에 내보낸 작가"라고 썼기에, "야, 지금까지 나를 칭찬한 최고의 거짓부렁이다" 하고는 함께 웃은 적이 있다.

움베르토 에코가 『미의 역사』와 『추의 역사』를 쓰면서 '차이'를 강조했는데, 시대에 따라 미의 아이콘이 달라진다는 지적은 일면 타당한 면이 있다. 나 또한 그런 경험이 있다.

30대에 소나무 작업을 한참 하면서 독일에서 전시회를 가진 적이 있었다. 그런데 당시 그곳 사람들이 조금 비꼬는 듯한 투로 "지나간 낭만주의를 지금 또 하고 있니?" 이렇게 물어서 "맞아, 나 낭만주의야, 그래도 소나무 찍을 거야" 이렇게 대답하고 말았다. 그러다가 세월이 지나 세기가 바뀌자 유럽에서 가장 큰 미술 전문 사이트를 운영하는 큐레이터가 나를 찾아 서울에 왔다. 바로 그 낭만주 때문이었다. 지구 온난화가 심해지니까, 자연에 대한 생각이 바뀌어, 졸지에 내 작품 평가도 완전히 바뀌게 된 것이다. "유럽의 낭만주의는 원래 아시아 수묵화의 영향을 받은 것이다. 당신은 그 수묵화의 전통을 잇는 훌륭한 사람이다." 졸지에 훌륭해진 것이다.

〈Sonamu series〉

움베르토 에코의 말대로 미적인 관점이나 아름답다고 느끼는 대
상은 시대의 유행이기도 하다. 그런데 내가 서양사람과 다른 점
은 분명히 있다. 나에겐 서양인이 마치 삶의 굴레처럼 지고 태어
나는 종교적 바탕이 없다. 아시아의 산수화에는 종교가 없다. 신
이 없다. 서양에선 신과 인간과 자연이 있지만, 우리는 신이 없이
바로 자연이 있는 셈이다. 그 속에 시인은 있을지 모르지만. 인간
하고 자연, 그렇게 둘이다.

> 풀이 눕는다.
> 비를 몰아오는 동풍에 나부껴
> 풀은 눕고
> 드디어 울었다.
> 날이 흐려서 더 울다가
> 다시 누웠다.
>
> 풀이 눕는다.
> 바람보다도 더 빨리 눕는다.
> 바람보다도 더 빨리 울고
> 바람보다 먼저 일어난다.
>
> 날이 흐리고 풀이 눕는다.
> 발목까지
> 발밑까지 눕는다.
> 바람보다 늦게 누워도

바람보다 먼저 일어나고
바람보다 늦게 울어도
바람보다 먼저 웃는다.
날이 흐리고 풀뿌리가 눕는다.

김수영 시인의 「풀」이다. 나는 이 시를 무척 좋아한다. 사실, 시인 김수영과 인척 관계가 되어 이 시의 육필을 가지고 있다가 되돌려주고 복사본을 가지고 있는데, 'Photo poet'이라는 말을 새길 때면, 이 시가 떠오르곤 한다.

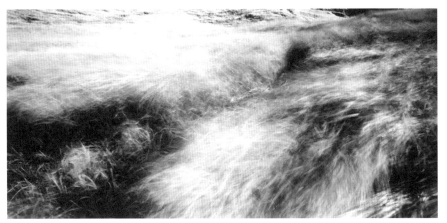

〈Baram〉

마지막으로 소나무 이야기를 하고 글을 미치겠다. 자연은 그냥 그렇게 있을 때가 아름답다. 뉴칼레도니아 섬의 백사장에선 발목까지 모래가 푹푹 들어간다. 30년 전, 우도의 백사장도 그랬다. 뉴칼레도니아의 본섬 말고 떨어진 몇 개 섬 중 하나가 소나무 섬이다. 쥐라기 시대의 소나무가 원형을 보존하며 아직 남아 있는 곳이다. 그 소나무가 꼭 기린처럼 생겼다. 그래서 그 소나무를 찍고 왔다.

스웨덴에서 전시회를 할 때도 그곳 사람들이 놀라워했다. 이유인즉, 스웨덴에도 소나무가 전체 수목의 30퍼센트 정도 된다고 한다. 알함브라를 2년 넘게 작업했는데, 그곳에서도 가장 중요한 나무가 소나무다. 그래서 농담으로 후배가 "선생님 유명해진 거는 사진을 잘 찍은 게 아니고 우리나라 소나무가 제일 잘생겨서 그렇습니다"라고 한다. 그렇다. 맞는 말이다. 우리 소나무는 독특하게 생겼다. 객관적으로 가장 개성 넘치는 나무가 우리의 소나무다. 재미있는 것은 각 나라의 소나무는 그 나라 사람과 닮는다. 닮은 순서는 소나무가 먼저고 사람이 나중이겠지만, 아무튼 스페인의 소나무는 스페인 사람을 닮고 스웨덴의 소나무는 스웨덴 사람을 닮았다. 다만, 뉴칼레도니아의 소나무는 길쭉한데, 섬사람들은 통통하다. 따져보니, 참치였다. 그 사람들은 참치를 닮은 것이다. 그렇듯 사람은 자연과 친연한다.

⟨Sonamu series⟩

거대하면 거룩하고 작으면 아름답다. 크면 숭고이고, 작아야 눈부시다. 작은 것들이 가만히 서 있는 것보다 바람결에 흔들릴 때 사람의 마음도 흔들린다. 그때 빛이 자연 속에서 아름다운 엑센트를 만든다. 그 광채가 숭고와 신화보다 순간의 눈부심을 만들고, 그 눈부심은 우주의 미소다. 칸트는 인간의 상상력은 매우 강력하기에 실제 자연이 제공하는 현실의 주어진 것을 기점으로 또 다른 자연을 창조할 수 있다고 했다. 그러나 꼭 그렇지는 않다. 자연 그 자체만의 순수한 기록으로도 우리는 알 수 있다. 사람의 마음을 흔드는 규정할 수 없는 그 빛과 바람의 아름다움을, 그리고 조화를.

〈Namu series〉

감히,
아름다움의 객관화를
시도하다

최재천 | 생물학자, 이화여자대학교 교수

나도 강의를 하는 사람이지만 때로 지겨운 강의를 들어야 하거나 연신 하품만 부르는 회의가 끝도 없이 이어질 때면 나는 종종 종이 여백에 그림낙서를 한다. 아무 생각 없이 그리기 시작하는 내 자투리 그림은 거의 예외 없이 조촐한 풍경화이다. 저 멀리 고즈넉하게 누워 있는, 그리 높지도 낮지도 않은 산 아래 그리 크지도 작지도 않은 초가집 한 채가 자리 잡고, 그 옆을 돌아 앞들로 그야말로 "옛이야기 지줄대는 실개천이 휘돌아 나가"는 그런 그림이다. "해설피 금빛 게으른 울음을 우는" 얼룩백이 황소는 그림 실력이 모자라 좀처럼 그리지 않는다. 내가 이런 그림을 그리기 시작한 게 초등학교 시절이니 이 그림에 관한 한 이젠 장승업도 김홍도도 두렵지 않다.

나는 나만 이런 풍광을 추억 속에 담아두고 가끔 꺼내보는 줄 알았는데 진화심리학자 전중환의 설명을 들으니 오랜 세월 다듬어진 인간 진화의 보편적인 결과란다. 작곡가 이건용도 평생 나와 거의 정확하게 똑같은 자연을 가슴에 품고 살았단다. 그런데 그는 마냥 이런 우리 산야를 좋아하는 게 아니라 그것이 "일상을 접어놓는 순간"에 빠지는 찰나가 아름답단다. 이를테면 그의 말대로 "불이 켜지기 시작하는 가로등", 즉 "어둑해지기는 했지만, 밤은 아직 오지 않았고 사위는 어슴푸레 밝아, 불이 켜지기는 했는데 그 빛이 오직 자신만을 위한 빛이 되는 순간, 가로등 불빛과 땅거미와 골목이 함께 만나는, 그 하나의 순간에만 느낄 수 있는 '먹먹한 고독'"을 즐긴단다. 그래서 그는 "아름다움은 '때'가 빚어내는 변주"라고 말한다. 그렇다면 '바람과 햇빛에 끊임없이 출렁이는 나뭇잎의 물살'을 지켜보는 건축가 민현식과 '바람결에 흔들리는 꽃과 풀들'을 카메라에 포착하는 사진작가 배병우도 결국 아름다운 순간을 예찬하는 것이리라.

민현식은 이렇게 말한다. "나에게 아름다움은 '나뭇잎' 자체에 임재해 있는 것이 아니라, '나뭇잎'이 '바람'과 '햇빛'과 만나 끊임없이 출렁이면서, 나뭇잎과 나뭇잎이 그 사이에 '차이와 변화'를 생성시키며 만들어내는 어떤 것이다." 사진으로 그림을 그리고 시를 쓰는 배병우는 너무도 겸손하게 "아름다움이 뭔지 지금도 잘 모르지만, 나는 그것이 자연에 있다고 느꼈고 그렇게 느낀 순간들을 사진에 담아왔다"고 고백한다. 셰익스피어가 "아름다움은 헛되고 의심스러운 것, 갑자기 사라져버리는 광채일 뿐"이라고 하니 키츠가 "아름다움은 진리이고, 진리는 아름다움이다. 세상에서 네가 아는 것, 알아야 하는 것은 이것뿐이다"라고 되받는다.

나는 하루 중 해질 무렵을 제일 좋아한다. 어릴 적 시골에서 삼촌들과 함께 대관령 산기슭에 있는 고모 집에 갔다가 어둑어둑 땅거미를 밟으며 돌아오던 기억이 아른하다. 눈에 드는 사물들의 윤곽이 아스라해지기 시작할 무렵이면 왠지 모르게 마음도 어슴푸레 가라앉는다. 고형렬 시인이 "까마득한 기억의 한 티끌과 영원 저 바깥을 잇는 통섭의 시"라고 평한 황지우 시인의 「아주 가까운 피안」이라는 시가 있다.

어렸을 적 낮잠 자다 일어나 아침인 줄 알고 학교까지 갔다가 돌아
올 때와
똑같은, 별나도 노란빛을 발하는 하오 5시의 여름 햇살이
아파트 단지 측면 벽을 조명할 때 단지 전체가 피안 같다
내가 언젠가 한번은 살았던 것 같은 생이 바로 앞에 있다
어디선가 웬 수탉이 울고, 여름 햇살에 떠밀리며 하교한 초등학생들이
문방구점 앞에서 방망이로 두더지들을 마구 패대고 있다

해질 무렵을 좋아한다는 이들이 뜻밖에 적지 않다. 시간을 내어 가까운 동산에 오르거나 강변을 거닐며 지는 해를 바라보라. 석양을 바라보며 숙연함을 느끼는 것은 인간 모두의 보편적인 감성인가보다. 『인간의 위대한 스승들』이라는 책에는 평생 아프리카에서 자연을 연구한 어느 동물학자의 이야기가 실려 있다. 어느 날 그는 아프리카 하늘을 온통 붉게 물들이며 스러져가는 석양을 지켜보고 있었다. 그때 숲 속에서 홀연 파파야 한 묶음을 들고 침팬지 한 마리가 나타났다. 지는 해를 발견한 그 침팬지는 쥐고 있던 파파야를 슬그머니 내려놓더니 시시각각으로 변하는 노을을 15분 동안이나 물끄러미 바라보다가 해가 완전히 사라지자 터덜터덜 숲으로 돌아갔다고 한다. 땅에 내려놓은 파파야는 까맣게 잊은 채. 침팬지의 삶도 피안의 순간에는 까마득한 저 영원의 바깥으로 이어지는가? 그 순간에는 그도 생명 유지에 필요한 먹을 것 그 이상의 무언가를 찾고 있었나 보다.

아름다움의 객관화

도대체 아름다움의 정체는 무엇인가? 아리스토 텔레스는 "아름다움은 신의 선물"이라는데, 테오프라스토스는 "아름 다움은 말 없는 속임수"라며 깎아내린다. 그리스에서는 소크라테스도 "선한 삶, 아름다운 삶, 올바른 삶 모두 같은 것"이라 했고, 사포도 "아 름다운 것은 선한 것이고 선한 사람은 곧 아름다워질 것"이라 했건만, 톨스토이에 이르면 "아름다움이 선이라는 생각은 참으로 기이한 환 상"으로 전락한다. 소설가 아나톨 프랑스는 "아름다움 이외에 세상에 참된 것은 없다"고 단언하지만, 피카소는 "아름다움이란 존재하지 않 는다. 나는 사랑하거나 미워할 뿐"이라고 반박한다. "한 사람에게 정의 인 것이 다른 사람에게는 불의가 되고, 한 사람에게 아름다운 것이 다 른 사람에게는 추한 것이 되며, 한 사람에게 지혜가 되는 것이 다른 사 람에게는 어리석음이 된다"고 한 에머슨의 말처럼 아름다움만큼 각양 각색의 모습으로 우리에게 다가오는 주제가 또 어디 있을까?

하지만 감히, 아름다움을 객관화해보고 싶었다. 만일 인간만이 아니라 침팬지도 아름다움을 느낀다면 이는 엄연히 과학의 영역으로 들어온 것일 테니 말이다. "여자와 옷은 촛불 아래 가장 아름답게 보이는 법" 이라 했던 스위프트의 말처럼 아름다움은 왠지 왈가왈부 논의할 대상 이 아닌 것 같기도 하고 잘못 해서 너무 많이 알아버리면 혹여 퇴색하 지나 않을까 두렵기도 하지만, 어느 언어학자의 주장에 따르면 우리말 의 '아름다움'은 '앎'에서 왔단다. 아름다움은 오랫동안 예술과 철학의 영역이었다.

그러나 이제 과학도 아름다움의 문을 열어젖히기 시작했다. 그렇다면 아름다움이야말로 전형적인 통섭형 주제가 아니고 무엇이랴. 그래서 나는 아름다움을 네 번째 맞는 통섭원 심포지엄의 주제로 삼았다. 아름다움이 표현 또는 연구의 대상이어야 마땅할 것 같은 분야에 몸담고 있는 우리 사회의 가장 아름다운 열한 분을 모셨다. 2011년 5월 27일 금요일 오전 9시부터 오후 7시까지 이화여대 음악대학 리사이틀홀은 온통 아름다운 사람들로 그득했다.

아름다움의 객관화는 우선 과학이 저질러야 할 것 같다. 진화심리학자 전중환에 따르면 아름다움을 느끼는 인간의 마음은 수백만 년 전 우리 인류의 조상들이 수렵과 채집을 하면서 직면했던 현실적인 삶의 문제들을 해결하려 자연선택natural selection에 의해 다듬어진 심리적 적응 현상이다. 때로 무미건조한 과학적 설명의 전형을 빌린다면, 우리가 아름답다고 느끼는 대상들은 그 옛날 우리 조상들의 진화적 적합도evolutionary fitness를 높여주었기 때문에 지금까지 살아남은 것이다. 다시 말하면 아름다움이 번식에 도움이 되었다는 말이다. 하지만 풍수지리학자 최창조는 공비의 시체가 널려 있던 청량리 근처 피난민촌에서 뛰놀던 어린 시절을 추억하며 현실의 풍경은 황당하고 암담했는데 기억은 아름답게 남아 있는 모순을 지적한다. 그는 아름답지 않은 것을 치유하는 것이 바로 풍수라고 설명한다.

그런가 하면 화학자 정두수는 우리의 오감으로 관찰할 수 있는 자연의 아름다움은 대칭적이고 안정적인데 비해 사물의 본질을 이루는 화학의 세계에서는 대칭성이 깨진 상태가 더 자연스럽단다. 그러면서 "우리.겨레.역사에서.이런.창의적.도발이.또.있을까?"라며 한글의 당돌한 아름다움을 소개하는 시각디자이너 안상수의 설명을 듣자 하니 한글의 혁명적 아름다움이야말로 바로 대칭과 비대칭의 절묘한 '멋지음'이라는 생각이 든다.

영국의 낭만주의 시인 존 키츠는 뉴턴의 분광학이 무지개를 프리즘의 색으로 환원시키는 바람에 시적 상상력을 말살했다고 비난했다. 태양 표면에서 방출되는 빛이 대기 중에 떠 있는 작은 물방울들에 의해 산란되는 과정에서 파장에 따라 산란의 정도가 조금씩 달라지기 때문에 나타나는 미묘한 자연현상인 무지개. 그러나 회절, 굴절, 반사라는 물리적 요소가 절묘하게 어우러져 창조해내는 무지개는 천문학자 홍승수가 평생 "과학 한다고 살아오는 과정에서 정말 나를 홀딱 반하게 했던 것"으로 손색이 없는 아름다움이다. 영국 옥스퍼드대학의 진화생물학자 리처드 도킨스는 그의 저서 『무지개를 풀며』에서 과학의 발견이 우리의 상상력을 훨씬 더 거대하게 만들어준다고 역설한다. 과학이 환상의 속살을 풀어헤쳐 보인다고 해서 시와 과학이 어우러지 못할 이유가 없다는 것이다. 그의 책은 다음과 같은 문장으로 끝을 맺는다. "지금 이 순간에도 살아 있는 키츠와 뉴턴은 서로에게 귀를 기울이며 우주의 노래를 듣는다."

아름다움을 주관하는 사람들

이화여자대학교의 개교 125주년을 맞아 매년 흥미로운 담론의 장을 열어온 '통섭원'이 '문지문화원 사이'와 함께 마련한 심포지엄 '내 인생의 아름다움'은 아름다움을 창조하는 기업 아모레퍼시픽의 후원으로 열렸다. 이 책의 프롤로그에서 연세대학교 사학과에서 중국 현대사를 연구하는 백영서 교수가 밝힌 것처럼 아모레퍼시픽은 몇 년 전부터 '아시아의 미란 무엇인가?'라는 주제로 이른바 'Asian Beauty Project'를 시작했다. 이 기획을 접하는 순간 나는 머리카락에서 발끝으로 이어지는 짜릿한 전율을 느꼈다. 나는 사실 아름다움의 진화에 관한 과학 연구에 가장 탁월한 이론적 배경을 제공한 다윈의 성선택sexual selection을 연구하여 박사학위를 받았다. 그동안 내가 자연에서 터득한 이론들이 연신 키득거리며 창호지에 침 발라 구멍을 뚫어대는 듯한 느낌을 받았다. 이 얼마나 당돌한 발상이란 말인가? 만일 진정 '아시아 미'의 정체를 파악하기라도 한다면 그 사건이 몰고 올 엄청난 파고를 어찌 감당할 수 있을지 가늠하기 어려웠다. 하지만 아름다움의 정체조차 가늠하지 못하고 있는 마당에 감히 아시아의 아름다움을 정립하겠다는 게 가당한 일이란 말인가? 그래서 나는 일단 평생토록 아름다움을 그리고, 짓고, 붙들고, 노래하고, 심지어는 온몸으로 흐느껴온 대가들의 이야기를 들어보기로 했다.

〈바보 예수〉와 〈흑색 예수〉 시리즈를 거쳐 〈생명의 노래〉를 그리며 평생 붓에 의탁해 살아왔다는 한국화가 김병종은 그 붓과 물아일체가 되어 창조해낸 그의 주옥같은 그림들의 아름다움과 더불어 오래 써서 "거칠어지고 물크러진 붓을 보면 조강지처의 모습처럼 안쓰럽고 뭉클한 어떤 느낌이 들어, 차마 버리지 못하고 곁에 둘 수밖에 없게" 된단다. 나는 한때 그의 『화첩기행』이란 책이 너무 좋아 그 책을 낸 출판사에 내 발로 원고를 들고 찾아간 적이 있다. 그가 책을 낸 곳에서 나도 책 한 권 낼 수 있게 해달라고. 그래서 나온 책이 『생명이 있는 것은 다 아름답다』이다. 그 후 그의 『화첩기행』 3권에 추천의 글을 쓸 기회를 얻어 나는 이렇게 적었다. "김병종은 그림처럼 글을 그리고 글처럼 글을 쓴다." 그런 그가 그의 붓으로 만든 무덤, 즉 필총筆塚에 묻히고 싶단다. 그의 무덤가에 뒹굴 붓은 인사동 골목 어귀에 서 있는 너무 당당해 민망한 붓과는 느낌이 사뭇 다를 것 같다.

언젠가 어느 인터뷰에서 나는 내가 만일 생물학자가 되지 않았더라면 아마 춤꾼이 되었을 것이라고 고백한 적이 있다. 1990년대 중반 오랜 미국 생활을 접고 귀국한 지 얼마 되지 않은 어느 날 나는 무용가 김현자의 〈생춤〉을 보며 다시 한 번 인간 몸과 그 몸이 만들어내는 율동이야말로 아름다움의 극치라는 걸 깨달았다. 고등학교 시절 한때 언감생심 조각가의 꿈을 꾼 적이 있었던 나에게 인간의 몸과 행위는 여전히 탐구의 대상이다. 그날 저녁 그 〈생춤〉 공연장에서 나는 내 몸이 홀연 나를 떠나 하릴없이 그 '생몸'으로 빨려 들어가는 환몽幻夢을 경험했다. 그의 표현대로 "마치 명상 속에서 거닐 듯, 모든 것을 버리는 듯, 그렇게 '말 없음의 몸짓'을 춤으로 표현"하는 그 엄청난 기氣의 흐름 속에 흐느적거리는 나 자신을 발견했다. 김현자가 온몸으로 표현하는 아름다움은 한 마디로 변화이다. 그래서 그는 얼음을 그의 삶의 아름다움으로 가져왔다. 물이 취하는 가장 정적인 상태인 얼음으로 변화를 말한다. "얼음은 녹아 흐르거나, 공기 중으로 날아감으로써 그 생이 끝나지만, 액체 상태인 물이나 기체 상태인 수증기로서 또 다른 삶을 시작한다."

"시인은 귀로 시를 쓴다"는 김혜순 시인의 얘기는 참으로 뜻밖이었다. 또한 귀가 눈과 달리 나선형으로 구부러진 채 그저 수동적으로 뚫려 있는 구멍이라는 사실도 처음 깨달았다. 하지만 이 소음의 세상에서 "저녁에 집에 돌아와 떠올려보면 내 귀에 아름다운 소리는 하나도 없었다"면서도 귀가 하는 연주를 받아 적으면 그게 시의 음악이 되고, 의미를 짓뭉개고 전진해온 이미지의 박동이 시의 그림을 그리며, 망가진 귀가 찾은 사물들의 침묵과 저 먼 곳의 굉음, 그 선율들이 지은 무언의 음악적 건축이 또한 시란다. 이희승 편저 『국어대사전』에 아름다움의 뜻풀이는 "사물이 원만하게 조화되어서 감각이나 감정에 기쁨과 만족을 줄 만하다"라고 적혀 있건만 시인은 감히 역류한다. "귀가 편집 기능을 잃은 경험 중에 나는 어떤 아름다운 순간을 역설적으로 경험합니다. 나는 유한한 존재자, 병에 걸리는 존재자 인간입니다. 나는 신이 아니기에 순간적으로나마 아름다움을 느낄 수 있습니다." 내가 신으로 태어나지 않은 걸 신께 감사해야 하는 걸까?

아름다웠다
그날
하루 종일

오로지 아름다움과 함께 살아온
아름다운 열하나
한데 모여 질펀하게
아름다움을 노래했다

보아서 아름다운가
만져서 아름다운가
마음 열고 얘기하니 아름답더라
숨죽이고 들어보니 더욱 아름답더라

안다, 그러므로 아름답다 했다
그래서 하루 종일 아름다움을 얘기했다
시, 춤, 글자, 그림, 음악, 사진, 건축, 무지개……
얘기하는 이도 듣는 이도 모두 아름다웠다
알고 나니 세상이 더욱 아름답더라

이 가을이 저물기 전에 건축가 민현식과 더불어 병산서원 만대루 난간에 기대어 배병우의 카메라가 한 번쯤 훔쳤을 법한 소나무 숲을 내려다보고 싶다.

감히, 아름다움

우리 삶의 아름다움을 찾아가는 열한 갈래의 길

처음 펴낸 날 2011년 11월 28일
2판 1쇄 2022년 6월 7일
2판 2쇄 2023년 6월 23일

지은이 김병종, 김현자, 김혜순, 민현식, 배병우, 백영서, 안상수,
        이건용, 전중환, 정두수, 최창조, 홍승수
엮은이 최재천

펴낸이 주일우
펴낸곳 이음
출판등록 제2005-000137호(2005년 6월 27일)
주소 서울시 마포구 월드컵북로 1길 52 운복빌딩 3층
전화 02-3141-6126
팩스 02-6455-4207
전자우편 editor@eumbooks.com
홈페이지 http://www.eumbooks.com

편집 김현주, 최하연
디자인 김은희
마케팅 이준희, 추성욱
인쇄 삼성인쇄

ISBN 979-11-90944-74-8 03800

값 18,000원

이 도서의 국립중앙도서관 출판시도서목록(CIP)은
e-CIP홈페이지(http://www.nl.go.kr/ecip)와 국가자료공동목록시스템
(http://www.nl.go.kt/kolisnet)에서 이용하실 수 있습니다.
(CIP제어번호: CIP2011004881)